普天之下．盡是好書
普天出版家族
Popular Press Family
凌雲文創
A-Plus Creative Company

幽默作家 馬克吐溫 鼎力推薦・風靡全球的超級暢銷經典巨著

露西・M・蒙哥瑪莉 *Lucy Maud Montgomery* 著

迎向憧憬中的美麗夢想

蒙哥瑪莉以行雲流水的語言和幽默風趣的筆調，帶領著讀者愉快地進入安·雪莉的鮮活世界，分享著她的歡喜憂愁，並與她一起迎向憧憬中的美麗夢想……

愛德華王子島（Prince Edward Island），位於加拿大東部，是加拿大最小的一省份，全島長二百二十公里，最寬處五十公里，面積五六五七平方公里，約台灣六分之一大小，人口只有十萬多人，但是，每年的旅遊旺季，這裡都會湧入超過六十多萬遊客。

因爲，這個擁有二千多個農莊供遊客休憩的小島，不僅僅是風光明媚的旅遊勝地，有著如詩如畫的自然景觀，更是世界經典名著《清秀佳人》（原名《綠屋的安妮》）作者露西．M．蒙哥瑪莉（Lucy Maud Montgomery）童年成長的地方。同名影集《清秀佳人》推出後，許許多多讀者與影迷感動之餘，紛紛到此造訪故事主人翁安妮居住過的綠色小屋，追尋她曾經走過的足跡。

露西．M．蒙哥瑪莉的《清秀佳人》是風靡全球的暢銷經典巨著，問世至今已經被譯成數十種文字，總銷售量高達數千萬冊，也曾經多次改編成電影、電視劇、音樂劇。

根據《清秀佳人》系列小說改編的同名影集播出之後，曾在世界各大影展囊括諸多獎項，更榮獲艾美獎肯定，女主角安．雪莉誠實正直、充滿活力與想像力，面臨各種挑戰但卻不畏縮的個性，也成爲全世界青少年最喜愛的少女形象。

幽默作家馬克吐溫曾經讚嘆說：露西．蒙哥瑪莉筆下的安．雪莉，是自《愛麗絲夢遊仙境》後，小說中最讓人喜愛的孩子。

蒙哥瑪莉把安．雪莉的形象刻劃得相當鮮明活潑。安．雪莉喜歡別人叫她安妮，長了一頭紅髮，臉上有著點點雀斑，滿腦子稀奇古怪的想法，常常惹出讓人啼笑皆非的大小麻煩，但是，她同時也是個自由自在、坦誠直率的女孩，不管處在什麼境遇下都充滿積極樂觀的信念，不放棄自己的夢想和希望。

她純潔、正直、倔強、感情豐沛，喜歡幻想又常常闖禍，對於事物有著敏銳的感受力，常讓週遭的人哭笑不得，卻也被她獨特的個性深深吸引……

《清秀佳人》的故事描述，住在加拿大愛德華王子島亞凡利村綠色農屋的馬修和瑪麗亞兄妹，原本想領養一個男孩，幫助日漸衰老的自己料理農園事務，沒想到陰差陽錯，卻從車站領回來一個喋喋不休的紅髮女孩，起初外表嚴峻的瑪麗亞想把她送回孤兒院，但是卻被她身上散發的魔力吸引，動了惻隱之心，終於竭盡心力地將她撫育長大。

安妮初到綠屋之時，是個脾氣暴躁而且常常闖禍的頑皮小孩，更糟的是，她總是有說不完的話，讓人耳根不得清靜。後來，安妮靠著自己努力向上，不但得到馬修和瑪麗亞的喜愛，也贏得了老師、同學和周圍人物的敬重和友誼。

在《清秀佳人》系列小說中，露西．M．蒙哥瑪莉以行雲流水的語言和幽默風趣的筆調，帶領著讀者愉快地進入安．雪莉的鮮活世界，分享著她的歡喜憂愁，並與她一起迎向憧憬中的美麗夢想……

事實上，《清秀佳人》處處可見蒙哥瑪莉成長過程的影子，她的住所就是故事中安妮所住的綠屋，安妮則無疑是她本人的化身。

露西．M．蒙哥馬莉，一八七四年十一月三十日出生於加拿大愛德華王子島，因爲母親早逝，父親再娶，年幼的她從小便由外祖父母養育，生活在《清秀佳人》故事中的亞凡利村，直到十七歲才外出就讀大學；大學畢業之後，爲了奉養年老的外祖母，又回到當地擔任教職。

露西年輕時曾經愛上一個農家子弟，卻因爲身段放不下而錯失良緣，幾年之後得知對方因病過逝，不禁悵然若失，這段心中的戀曲，在書中也化成安妮與吉爾巴特的故事。

一九五〇年春天，蒙哥瑪莉開始試著將自己的成長點滴撰寫成《清秀佳人》一書，直到翌年秋天才完成。但是，書稿完成後遭到多家出版社拒絕，直到一九〇八年才正式出版，出版之後立即躍爲風靡全球的暢銷書籍，系列作品也在讀者熱烈迴響下相繼問世。一九四二年四月二十四日，蒙哥瑪莉去世，埋葬於愛德華王子島的凱文迪斯山丘。

在《清秀佳人》這部小說中，蒙哥瑪莉透過主人翁安妮的眼睛和心靈，將美麗的愛德華王子島、綠色農屋以及周圍的自然景色描繪得美麗動人。不論是花草樹木，還是小溪流水，都隨著季節的變換而不斷幻化著令人神往的色調。

同時，小說中的人物也在蒙哥瑪莉筆下流露著難能可貴的真情至性。

收養安妮的馬修和瑪麗亞是極爲平凡的農夫農婦，一個沉默寡言，一個外表嚴厲，但都有著赤子之心，他們把自己的關愛埋藏在心靈深處，默默撫育教養著安妮，終於使她長大成人。

在他們栽培下，安妮以優異的成績從皇后學院畢業，並獲得了進入大學深造的獎學金。然而，正在這時馬修不幸心臟病發作去世了，瑪麗亞也因爲操勞過度而幾近失明，爲了陪伴照顧年老孤獨的瑪莉亞，安妮毅然放棄了升大學的機會，留在亞凡利村當教師，爲本書劃下了一個溫馨感人的句點。

安妮的同學吉爾巴特因爲捉過她，一直得不到她的原諒。但是當他們一同以優異成績畢業時，爲了讓安妮能夠就近照料瑪麗亞，吉爾巴特把亞凡利村學校的教師職位讓給了安妮，自己去白沙村當教師。

這些人物的高貴心靈與美好情感，在作品中每每有著充滿感染力的流瀉，這應該就是使讀者深受感動之餘百讀不厭的原因吧！

關於綠屋

琳達夫人聽得目瞪口呆，這兩個怪人怎麼會想到去孤兒院領養小孩呢？這世界真是變了，而且這麼重要的事，瑪麗亞居然沒跟她說一聲。

馬修渾身發抖。握著小女孩的手，看到她眼裡閃爍著喜悅的光芒，他怎能開口告訴她事情弄錯了呢？還是把她帶回家，把難題交給瑪麗亞解決吧！

那是條三四百米的林蔭大道，高大的蘋果樹像是美麗的拱形

全新的生活

所有的喜怒哀樂

幸福的滋味

瑪麗亞舉起燭火，看清楚安妮肩膀上的頭髮時，不禁尖叫了起來：原來，安妮的紅髮變得毫無光澤，上面還夾雜著一撮一撮的綠色頭髮，看上去讓人覺得既詭異又好笑。

船上的安妮完全陶醉在這樣浪漫的氣氛中，過了不久，水從船底的裂縫慢慢地滲了進來，她才發現情況不對，神色慌張地注視眼前的一切。

輔導課就正式開始了。除了安妮以外，吉爾巴特、露比、婕恩和喬西都參加了補習。黛安娜因為父母無意讓她繼續升學，所以就沒有參加。

人生轉捩點

「安妮，妳長大了！」瑪麗亞難以置信地說著，心中突然湧現一種悵然若失的感覺。此刻的安妮已經是亭亭玉立的清秀少女。

第5章 馬修去世／249

安妮看著馬修衣冠整齊地躺在棺木裡，面帶笑容，就像睡著一樣，腦海出現的從小到大，關於馬修的種種美好回憶，不禁悲從中來，忍不住痛哭失聲。

第6章 握手言和／255

想到以後的工作以及朋友的支持，安妮原來的徬徨惆悵一掃而空，她知道只要保有豐富的想像以及對於未來的樂觀，任何事物都沒辦法阻擋她。

關於綠屋

那是條三四百米的林蔭大道，

高大的蘋果樹像是美麗的拱形伸展開來。

猶如雪片般飄落的蘋果花，

映著遠方夕陽的餘暉，

小女孩激動得說不出話來，

出神地注視著眼前這片美景。

領養男孩

琳達夫人聽得目瞪口呆，這兩個怪人怎麼會想到去孤兒院領養小孩呢？這世界真是變了，而且這麼重要的事，瑪麗亞居然沒跟她說一聲。

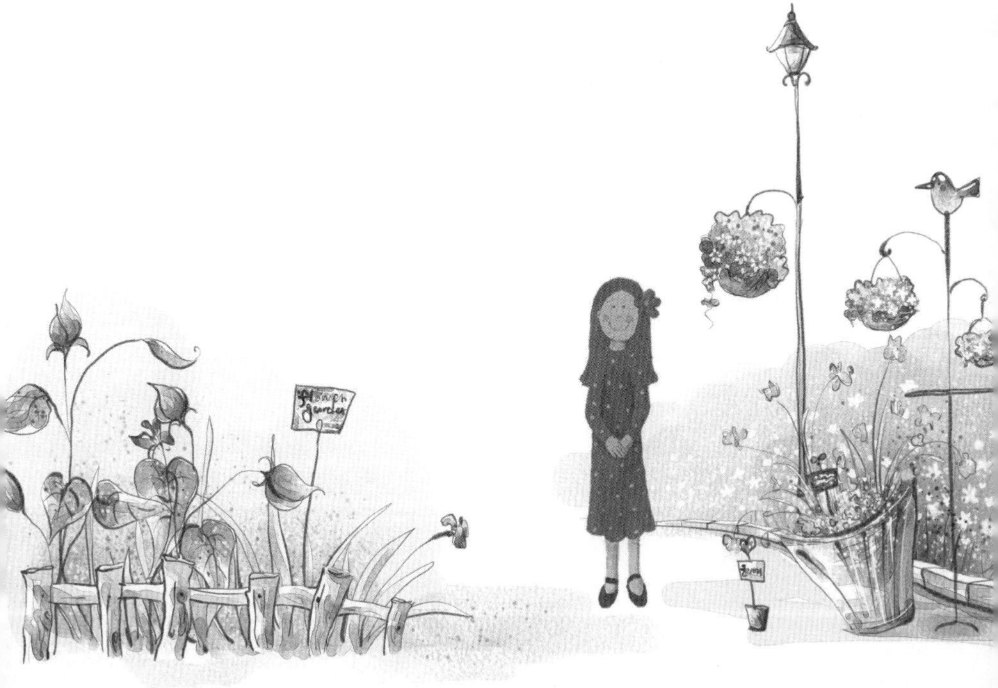

六月，仲夏燦爛的陽光灑落，花園中爭妍鬥艷的花朵，引來許多蜜蜂、蝴蝶穿梭其中，好不熱鬧。

琳達夫人一如往常坐在窗前四處張望，那雙碧綠色的眼睛轉個不停，從小河那端的情況到經過的小朋友，甚至是橫越街道的行人，都逃不過她的視線。

琳達夫人是村裡數一數二的包打聽，一發現什麼新聞，一定會打破沙鍋問到底，這種好事的個性，惹得亞凡利村的主婦們總是在她背後指指點點。

突然，她看到馬修．卡斯巴達穿了外出服，神態悠閒地駕著馬車穿過家門前的窪地，沿著大馬路駛去，似乎打算要出遠門。

「這個老頭子究竟要去哪兒做什麼呢？」

她側著腦袋一個勁兒地想。

在亞凡利村裡每個村民的行蹤，琳達夫人都幾乎能猜出個十之八九，更甭提平常難得出門的馬修了，但是這次她可真是絞盡腦汁也想不出個所以然。

「嗯，看來得在喝過下午茶之後，到綠屋去跟瑪麗亞打聽打聽，她那幾乎足不出戶的哥哥到底做什麼去了？」

前往綠屋的路上，琳達自言自語著：「馬修和瑪麗亞這兩個人竟然喜歡住在森林裡，樹木又不會跟人對話，換成我，一定憋都憋死了。這對兄妹真是古怪得讓人猜不透啊！」

琳達沿著薔薇小徑前進，上頭還殘留著車輪痕跡，走到盡頭就是綠屋的後院了。她用力地敲打著廚房後門，聽見有人應著：「請進啊！」

琳達走進廚房，看見瑪麗亞正坐在屋裡頭織毛線。

眼尖的她一眼就看見飯桌上擺好的晚餐，心裡暗暗盤算著：「嗯？怎有三個盤子……這麼說，馬修不知道是去接什麼客人，所以瑪麗亞在家裡等他回來。可是，這一回馬修打扮得這麼整齊，又駕著馬車，似乎有些不尋常喔……」

瑪麗亞放下手上的毛線，抬頭招呼她：「午安！琳達，過來坐吧！家裡一切都好嗎？」

從打扮就可看出瑪麗亞嚴肅而守舊的個性。雖然她們兩人個性、氣質有著天壤之別，但是相處起來倒是挺融洽的。

「謝謝！家裡一切都好。其實是這樣的啦，上午我看到馬修出門，我還以爲妳身體不舒服，馬修趕去請大夫，所以下午就趕快過來看看妳。」

瑪麗亞微微一笑，早就想到琳達看到馬修出門，一定會忍不住跑來問個究竟。

「謝謝妳的關心，我身體很好。早上我哥哥之所以出門，是因爲我們去孤兒院領養一個小男孩，今天黃昏就會坐火車過來，所以我哥哥去車站帶他回家。」

琳達夫人聽得目瞪口呆，過了好一會才回過神來，連忙問道：「妳剛剛說的是真的嗎？」

「對啊！」瑪麗亞說得像是極普通的事情一樣。

琳達夫人更納悶了。

這兩個怪人怎麼會想到去孤兒院領養小孩呢？這世界真是變了，而且這麼重要的事，瑪麗亞居然沒跟她說一聲。

瑪麗亞對琳達的驚訝視而不見，只是接著說：「馬修的年紀大了，身體狀況也不如從前，要是請個傭人嘛，我又覺得不大好，我們商量了很久之後，決定領養一個男孩。」

「所以啊！史賓賽夫人去領養小孩的時候，我們拜託她順便幫忙找一個十到十一歲左右、伶俐乖巧的男孩。一方面，年紀大點的男孩才能幫忙家裡的工作，另一方面，這時候的小孩剛開始接受教育，比較好管教。」

「希望這個孩子能夠習慣這兒的生活，如果他想要多學些東西，我們也會讓他到學校讀書。我們一定會好好栽培他的。」

還沒等瑪麗亞說完，琳達夫人立刻大叫起來：「你們爲什麼會這麼衝動，做出這麼可怕的決定啊！怎麼可以莫名其妙讓一個陌生的小孩住在家裡，根本沒有先打聽他的身世或者個性？妳們沒看到上星期報紙那則可怕的新聞嗎？有對夫妻睡覺時，差點兒就被從孤兒院領養來的男孩放火燒死了。妳還是聽我的建議，趕快打消這個笨念頭吧！」

雖然琳達聲嘶力竭地說服瑪麗亞，還用尖酸刻薄的話希望能讓她打消念頭，瑪麗亞卻絲毫不爲所動，繼續勾著她的毛線，慢慢地說：「是啊，妳說的也沒錯，我也考慮過這樣做是不是妥當，但是妳也知道，馬修下定決心之後，我也拗不過他。而且就算這孩子真的不聽話，我也沒辦法啊，畢竟就連親生小孩也沒人能保證一定會不惹是生非呀！」

看到瑪麗亞這麼堅定地說，琳達明白事情已成定局，但她仍然不忘補上兩句：「雖然話是這麼說，但是自家小孩還是比較好管教嘛！」

「瑪麗亞，妳要知道這小男孩有可能會縱火燒房子，或者在水井裡下毒唷！還記不記得我曾經跟妳說過，之前有一則新聞，就是一個孤兒院的小孩在水井裡下毒，而且那個小孩還是個小女孩呢！好吧，如果有個什麼不測，妳千萬別怪我沒提醒妳唷！」琳達繼續嘮叨。

「多謝妳的好意了，幸好我們領養的不是妳說的那種小女孩。」

第1章

車站的訪客

馬修渾身發抖。握著小女孩的手，看到她眼裡閃爍著喜悅的光芒，他怎能開口告訴她事情弄錯了呢？還是把她帶回家，把難題交給瑪麗亞解決吧！

馬修與高采烈駕著馬車朝布萊特斯車站駛去。

穿過農場，到了滿是蘋果花的窪地，蘋果園濃郁的香味，從地平線一直蔓延到天邊。馬修盡情享受著這一刻的輕鬆悠閒。

馬修的外型高大，蓄著一臉鬍鬚，滿頭銀灰色的長髮披落在雙肩。他總覺得自己其貌不揚，女人總愛在背後取笑他，讓他害怕與陌生女子交往，平時頂多只和瑪麗亞、琳達夫人交談而已，要是碰到鄰居的婦女，不得不和她們點頭招呼時，他就覺得渾身不自在。

馬修抵達車站時，沒有看到火車。他猜想自己是不是來早了，就把馬車停在布萊特斯的一家小旅館前面，走到車站去看個究竟。

長長的月台，看不到半個人影，只有月台上的椅子上坐著一個小女孩。馬修根本沒有仔細看她，快步從她身邊走過。

看到站長正在鎖柵門，似乎要趕回家吃晚飯，馬修趕緊上前：「請問一下，五點半的那班火車來了嗎？」

「那班火車半小時以前就到了。」

站長對附近的村民都不陌生，對馬修說：「你家那個小女孩就在外頭，我問她

要不要到候車室等你來接她，她竟然很認真地跟我說：『在外面才能讓人自由的幻想。』這個小女孩真是奇怪！」

「什麼？」馬修一下子來不及反應，望向坐在椅子上的小女孩說：「可是……我要接的是男孩，不……不是女孩啊！我們跟史賓賽夫人說我們要的是男孩，怎麼會是女孩呢？」

「喔……」站長聽過後，愣了一下說：「有時候難免會出些小差錯！我只知道史賓賽夫人和這女孩一起下車，跟我說你和瑪麗亞從孤兒院領養了這個孩子，先把她託給我照顧，晚些你會來接她……我就只知道這些。」

說完，站長就走開了。

馬修一時不知該怎麼辦才好，心裡想著：「如果瑪麗亞在就好辦了。」要馬修說「為什麼是妳」，實在是難以啓齒，忐忑不安的他只有慢慢地向小女孩走了過去。

其實，小女孩早就知道馬修一直在看著她。

那是一個大約十一歲的小女孩，有著一頭紅髮、大大的眼睛、瘦弱的身材和滿臉的小雀斑，長得並不漂亮，但是笑起來有種活潑而生動的氣質。她穿著一件破舊而不合身的棉質衣裳，看來似乎沒有受到很好的照顧。

小女孩看見馬修往自己的方向走過來，馬上站起來，一隻手提著破舊的老式手提箱，另一隻手伸出來，要和馬修握手。她口齒清晰地問著：「請問您是綠屋的馬修．卡斯巴達先生嗎？」

馬修還來不及回答，她接著又說：「很高興見到您，剛才我還在擔心您是不是有事不能前來，或者途中發生什麼事了？如果您今晚不來接我，我想我該會爬上拐彎處那棵高大的櫻花樹借住一晚。您知道，如果能在月光下，睡在白色櫻花盛開的樹上，相信就像睡在大理石客廳一樣，一定非常有趣。而且我知道，就算您今晚沒來，明天早上也一定會來這裡接我的，是嗎？」

馬修渾身發抖。握著小女孩的手，看到她眼裡閃爍著喜悅的光芒，他怎能開口告訴她事情弄錯了呢？

還是把她帶回家，把難題交給瑪麗亞解決吧！何況現在這種情形，總不能把小孩丟在車站不管吧！

於是，馬修說道：「對不起，我來晚了。馬車在前面，妳跟我過來吧，我來幫妳提皮箱。」

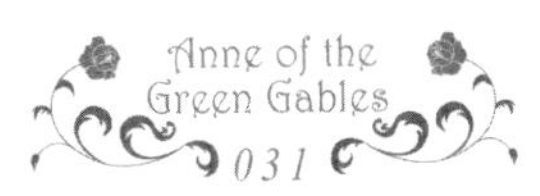

「謝謝您！箱子裡是我所有的家產，可是這對我來說一點也不重，我自己拿就可以了。」

「現在能和伯伯的家人一起生活，我感到很高興。因爲我從來沒有被人當成家人看待。雖然在孤兒院裡只待了四個月，但是我已經對這種日子感到厭煩。伯伯，您沒嘗過孤兒院的苦日子，您不會瞭解那種日子有多麼讓人討厭。」

「在那裡，幾乎沒有什麼事情可以讓我想像，頂多只能幻想其他人的身世，因爲孤兒的身世總可以編出一些有趣的故事。我會想，也許坐在我旁邊的這個女生，可能是一位伯爵的女兒，很小的時候被褓姆偷偷抱走，直到褓姆臨死之前，才把秘密給說出來。」

「我晚上睡不著時，就經常幻想。可能是這樣的原因，所以好多人都說我太瘦了。但我總是想像自己長得很漂亮、白白胖胖的，臉上還有小酒窩！」

小女孩一口氣嘰哩呱啦地說個沒停，馬修倒也不以爲意。

第2章

通往綠屋的道路

那是條三四百米的林蔭大道，高大的蘋果樹像是美麗的拱形伸展開來。猶如雪片般飄落的蘋果花，映著遠方夕陽的餘暉，小女孩激動得說不出話來，出神地注視著眼前這片美景。

坐上馬車後，兩人離開布萊特斯，經過斜坡的時候，遠方河堤上盛開著櫻花，矗立著優美的白樺，小女孩隨手折下一根樹枝。

「哇！真漂亮啊！伯伯，您看，河堤上那排樹，像白色的蕾絲一樣，您會想到什麼呢？」

「什麼也沒有。」馬修回答。

「它們好像穿白色禮服、披著薄紗的新娘子喔。我雖然沒見過，但是我猜想新娘子大概就是像那樣子吧！我這輩子最希望能夠穿上白紗禮服。您知道嗎？我好喜歡漂亮的衣服唷！但是長這麼大一次也沒穿過。」

「但是，換個角度想，其實這也不錯，因爲我可以想像自己穿上不同的衣服，如此會更加有趣。不過，我在孤兒院的時候，只能穿這一身破舊難看的衣服，上個冬天，哈姆鎮的商人捐出三百碼賣不出去的布料給我們，所以孤兒院裡的小朋友都穿這種衣服，希望這真是他們的好意。」

馬修一直沉默著，聽著這個小女孩自得其樂地說著。

「坐火車來時，我就想像自己穿著天藍色的衣裳，通常這樣都會讓我感覺到心情很愉快。所以這一路上，我一直很快樂。」

「坐船就可以看到海，那種感覺很好，而且我也不會暈船，只是不知道什麼時候才有機會了。史賓賽夫人本來會暈船，但這次爲了照顧我，怕我不小心掉到海裡去，結果忙得忘記了暈船，她還說從沒見過像我這麼愛東張西望的小孩。」

馬修還是老樣子，一言不發。

「哇！又是櫻花，這座島上真是美麗，能在這麼美麗的地方生活，實在太棒了。以前就聽說愛德華王子島是世界上最美麗的地方，我常幻想要是自己住在這裡就好了，我真的很幸運，上天讓我夢想成真了。」

「這條紅色道路好有趣，我曾問過史賓賽夫人『爲什麼我們經過的路都是土紅色的？』可是，她也不知道，還反覆跟我說要我千萬不要問那麼多。但是，不懂的事情如果不問，又怎麼會知道呢？伯伯，您知道爲什麼土是紅色的嗎？」

「對不起，我也回答不上來。」馬修說。

「您不知道沒關係，總有一天我會弄清楚的。以後還會發現更多新鮮的事物，這不是很有趣嗎？要是什麼都知道的話，就沒有什麼樂趣了。啊！您會不會覺得我的話太多了呢？他們都這麼說我。」

馬修倒是覺得很有趣，很難想像自己會全心全意地聽這女孩說話，還愈聽愈覺得新鮮。「沒關係，就儘管說吧，我不介意。」

「哇！您真好。如果大人一直對小孩說：『不要講話！』他們一定會很難過的。每當我話說多一些就會被罵；講得誇張一點，就有人取笑我。但是，如果腦海裡出現好念頭，不用誇張的話來形容，就不能表達出來那種感動了，不是嗎？」

「說得好，有道理。」

「史賓賽夫人告訴我您的家叫做『綠屋』，四周種了好多樹。這真是再好不過了，我最喜歡樹。但是我忘了問史賓賽夫人，那附近有沒有小河？」

「有，家不遠處一點有條小溪。」

「哇！太棒了。我一直夢想著能住在小溪旁邊，沒想到另外一個夢想又實現了。我現在真的好幸福喔……不過，還有件事一直讓我覺得很難過。喏！您看看這是什麼顏色？」

女孩把自己的長辮子展示給馬修看。

從來沒有女人要馬修去注意她們的髮色，馬修被這突如其來的動作嚇了一跳，不過仍然平淡地回答：「是紅色的呀！」

女孩皺了皺眉頭，嘟著嘴說：「對！就因爲它是紅色，所以我才那麼介意。別人笑我臉上長雀斑或是又瘦又小，這些我都覺得無所謂，可是這頭髮，任憑我怎麼想像，也沒辦法忘了它是紅色的事實。前一陣子，我在一本小說裡讀到一個少女的故事。她的一生雖然很悲慘，可是她很幸運，有著一頭柔順有光澤的金髮，以及潔白的額頭。伯伯，您能想像那是什麼模樣嗎？」

馬修搖搖頭，說：「我不知道，根本無法想像。」

「總之，很美很美，聽說美得不知道該怎麼形容才好，我想像過好幾次，還是不知道那會是什麼樣子。伯伯，我再問您，美麗、智慧或是像天使一樣善良，您覺得哪樣好？」

「我不知道。」

「我也一直分不清楚哪個好。總之，我都不合適啦……啊！卡斯巴達先生，卡斯巴達先生！」

小女孩突然大叫，不是因爲跌下馬車，也不是馬修發生了什麼事，只不過是馬車拐了個彎，到了林蔭大道。

那是條三四百米的林蔭大道，高大的蘋果樹像是美麗的拱形伸展開來。據說這是好幾年前一個脾氣有些怪的老農夫種下的，樹上開滿了沁人心脾的、猶如雪片般飄落的蘋果花，映著遠方夕陽的餘暉，真是美麗極了！

小女孩激動得說不出話來，出神地注視著眼前這片美景。

這回終於換馬修主動開口問道：「妳會不會覺得有點累？還是肚子有點餓？忍耐一下，我們再往前走一英哩就到家了。」

這時候，女孩好像才從夢中醒來，大口深呼吸之後說：「伯伯，剛才我們經過的那個地方叫什麼？」

「我們都叫它『林蔭道』。」馬修想了一會兒，又問：「景色很美麗吧？」

「光用美麗還難以形容呢！可是，我實在找不到合適的形容詞來說出此刻的感覺，這還是第一次超過我的想像呢……啊！我這裡好疼！」

女孩用手撫著胸口說：「好像高興得心都痛了，您能想像出這種痛苦嗎？已經好幾次了，只要看到漂亮得令我感動的東西就會這樣。這麼美麗的地方怎麼只能叫『林蔭道』呢？一點也不合適，應該叫它『花朵隧道』，才有那種夢幻的感覺。嗯，以後我就這麼叫它。」

「還有一英哩嗎？真是讓人好期待喔，坐馬車的感覺真好玩，想到快到家了，我真的好高興。自從我懂事以來，還沒有一個真正屬於自己的家，我又要高興得心疼了。」

馬車越過山丘，眼前出現池塘，在池塘正中央有座橋，可以連接對面的山丘。池塘邊長滿番紅花和薔薇，綠草如茵，像地毯似的鋪在四周。

在橋的另一端則是一片森林，不遠處山丘上有座開滿白花的蘋果園，果園中是一棟灰色的小房子。

儘管天色還沒有全部暗下來，但房子裡面已經點起燈了。

「妳看，那是巴里家的池塘。」馬修介紹說。

「是嗎？我想叫它『閃亮的湖水』，您覺得如何呢？想到這個名字就讓我有種心動的感覺，伯伯，您有沒有這種經歷？」

「有。有一次種黃瓜的時候，看到土地裡滿滿的白蛆，我全身都起了雞皮疙瘩。我很恨那種感覺。」

「哎呀！不對，這跟我說的那種感覺不一樣啦！白蛆跟『閃亮的湖水』沒什麼關係嘛！對了，爲什麼要叫它『巴里家的池塘』呢？」

「也許是因爲巴里先生一家住在那屋子裡吧！」

「從巴里先生的房子望過去，如果沒有屋後那片森林，就可以看到『綠屋』的屋頂了。巴里先生家有跟我年紀差不多的女生嗎？」

「有一個十一歲的女孩，叫黛安娜。」

女孩深深吸了口氣。「啊！多麼動聽的名字啊！」

「哦！是嗎？我倒覺得這個名字有點異教徒的味道，我比較喜歡珍妮或瑪麗這些平常的名字。黛安娜這個名字是她出生時，住在她家那位當老師的房客取的。」

「要是我出生時，也有老師在就好了，這樣子我就會有個好聽的名字……哎呀！快到橋頭了，我要閉上眼睛，因爲我最怕過橋了。我總覺得走到橋中央時，橋會像大折疊刀一樣折起來。不過，一旦來到橋中央，我又會睜開眼睛，萬一真的發生了我想像中的情形，才有機會親眼目睹啊！嘎啦！嘎啦！好棒的聲音喲！我最愛聽馬車跑動的聲音。啊！過橋了，再看一眼……『閃亮的湖水』，再會了！伯伯，您看！那湖水好像正對著我微笑呢！」

女孩回過頭來，看到馬修正要指出家的方向，馬上按住他的手，閉上雙眼說：「給我猜，給我猜，我一定猜得到。」

過一會兒，她張開雙眼環顧四周。

這時馬車剛好來到山坡頂上，新橋鎮盡收眼底，教堂的尖塔猶如暮色中的龐然大物，附近的山谷分散著幾處小農場。

女孩的視線從這頭移到那頭，最後落在左邊小徑盡頭的一幢房子前。她伸手指去，對著那個方向說：「就在那兒，對嗎？」

馬修開心得用韁繩抽一下馬背，回過頭對她說：「猜對了！是不是史賓賽夫人跟妳說過呢？」

「她沒說過，真的！但是那個地方映入我眼簾時，我就覺得認為那一定是我未來的家，啊！我是不是在做夢呢？」

女孩陶醉在幸福的氣氛中說不出話來，馬修愈來愈感到不安，心裡想著：「幸好是由瑪麗亞來解釋這個壞消息，而不是我。只是，離家越近，宣佈壞消息的時間也就越來越近，實在是讓人於心不忍。」

如今他滿腦子充滿這女孩失望的神情。

走進綠屋的後院，白楊樹葉子在風中沙沙作響。馬修抱小女孩下車時，女孩輕聲說：「聽！樹兒在喃喃說夢話呢！那一定是個好夢。」

小女孩拎著那個裝著她全部家當的手提箱，跟著馬修後面走進屋裡。

第 3 章

出乎意料的相遇

突然，安妮掀起被子，露出一張蒼白的小臉。

「您為什麼要跟我說『晚安』呢？您明明知道對我來說，從沒有一個夜晚像今天這麼難過。」

聽見兩人進門的聲音，瑪麗亞馬上到門口迎接。

當她發現眼前居然是一個衣衫襤褸、紅色頭髮、一點也不好看的女孩，驚訝地叫道：「馬修，這是誰？你不是要帶小男孩回來嗎？」

「沒有小男孩，只有她。」

話剛出口，馬修才想起還沒問過女孩的名字呢！

「怎麼可能？我們不是請史賓賽夫人幫我們找個男孩嗎？」

「我問過車站站長，史賓賽夫人帶來的孩子就是她。我一時也想不到其他的辦法，只好先帶她回來，就算是弄錯，也不能把她丟在月台不管吧？」

這些對話，女孩全聽進耳裡，剛才的所有喜悅刹那間化爲烏有，箱子頓時從手中滑落。

她衝上前，握緊雙手，大聲喊著：「難道只是因爲我不是男孩，所以你們就不要我了嗎？爲什麼沒有人要我呢！唉！世界上果然沒有那麼美好的事情！怎麼辦？我好想哭喔。」

說著，便跌坐在地上，傷心地痛哭起來。

馬修和瑪麗亞頓時手足無措，交換一下眼神，一方面希望她別再哭了，但又不

知道該說些什麼才好。

還是瑪麗亞比較鎮定，連忙安慰她：「孩子，別哭了。」

「才不呢，我想好好地哭個痛快！」女孩抬起頭來，滿臉淚痕。「我只是一個孤兒，原來還充滿希望，以爲終於找到自己的家，誰知道只是因爲自己不是男孩，就統統變成幻影了。換作是伯母您面對這種情況，我相信您也會傷心吧，只不過，我想您從來沒有遇到過這種事情。」

聽了這番話，瑪麗亞露出一絲微笑，緩和臉上嚴肅的表情。

「好啦，別哭了！我又沒說一定要趕妳走，在事情還沒弄清楚之前，我會讓妳待在這裡的。對了，妳叫什麼名字？」

女孩遲疑了好一會兒，認真地說：「請您們叫我柯蒂莉雅，好不好？」

「柯蒂莉雅！那是妳的名字嗎？」

「不是的，但是我希望大家這麼叫我，因爲這個名字聽起來十分優雅。」

「喔，是嗎？那麼妳的名字就不是柯蒂莉雅囉，妳叫什麼名字呢？」

「安・雪莉。」小女孩百般不願意地回答著。

「我的名字一點也不浪漫，反正我與您們在一起的時間也不是很多，所以還是拜託您叫我柯蒂莉雅吧！」

「不夠浪漫？真是的！」瑪麗亞說著：「安，聽起來簡單又溫柔，是個好名字呢？有什麼不好意思的。」

「啊！不是這個意思，只是我比較喜歡柯蒂莉雅。如果伯母真要叫我安的話，能不能叫我安妮？」

瑪麗亞的臉上又一次出現不自在的微笑。

「叫安妮又怎麼樣呢？」

「哦！當然是比較好聽囉！安給人的印象平平，安妮就好聽多了，只要伯母肯叫我安妮，就算不叫我柯蒂莉雅，我也可以接受。」

「好吧！以後我就叫妳安妮。」

瑪麗亞並不想就此而與她討價還價。

她又問：「妳能不能跟我說清楚這到底是怎麼回事？我們明明拜託史賓賽夫人幫我們找個男孩，難道妳們那兒沒有男孩了嗎？」

「有啊！但是史賓賽夫人說您們要的是十一歲左右的女孩，所以我被選中了，害我高興得一夜睡不著呢！」

安妮又問馬修：「伯伯，在車站時，您爲什麼不早點跟我說實話呢？如果沒有看到『花朵隧道』和『閃亮的湖水』，也許我就不會這麼傷心了。啊！爲什麼會發生這麼殘忍的事！」

瑪麗亞一臉不解地看了馬修一眼。

馬修慌亂地說：「沒……什麼，那個只是我們在路上隨便閒聊的話題而已。」他趕快找個藉口離開：「那我先去拴馬，然後吃飯。」

馬修出去以後，瑪麗亞又問安妮：「除了妳以外，史賓賽夫人有沒有帶其他孩子來呢？」

「她把莉莉帶回家。莉莉才五歲，頭髮是栗色的，長得像小公主一樣。如果我也像她那樣很漂亮，而且有一頭栗色頭髮，您會不會領養我呢？」

「不是那樣的。我們要男孩，是因爲他可以幫馬修幹活兒，女孩子力量小就幫不上忙。妳先把帽子脫掉，拿手提箱到飯廳去乖乖坐下。」

安妮十分不高興地脫下帽子。不久，馬修回來了，大家一起用餐，但是安妮滿懷心事，一口也吃不下。

瑪麗亞目不轉睛地盯著安妮，責備著說：「妳怎麼什麼都沒吃呢？」

安妮歎了一口氣：「對不起，我是真的吃不下，我想大概是因爲我對現在的處境感到絕望的關係吧！伯母，以前您感到絕望的時候，還吃得下嗎？」

「我的心情一向都很好，不知道會有這種事情。」

「難怪伯母不瞭解那種想吃卻又吞不下去的心情。每當我絕望的時候，就算是我最愛吃的巧克力，我也吃不下。兩年前，我吃過一次，那真的很好吃。後來，我睡覺的時候，就常常夢到巧克力，但是每次正要咬下去的時候，夢就醒了。唉！真的對不起，請您不要因爲我現在不想吃就以爲我不喜歡這些食物，只是我現在真的吃不下。」

「瑪麗亞，安妮是因爲累了吧？妳就讓她早點休息吧！」

沉默許久的馬修，終於開口了。

於是，瑪麗亞起身點亮蠟燭，對安妮說：「妳跟我來吧！」

安妮垂頭喪氣地跟著瑪麗亞上樓。

走到樓上，房間早就整理得十分乾淨清爽，瑪麗亞把蠟燭放在三角桌上，把床鋪好之後，回頭對安妮說：「妳有帶睡衣來嗎？」

「帶是帶了，可是它穿起來太小了，所以我不喜歡它，雖然如此，每次我穿上它，一樣能夠有個好夢。」

「好了，就這樣吧，快換好衣服，上床睡覺。待會我會再回來拿蠟燭，免得妳打翻，如果引起火災那可不得了！」

安妮滿臉憂愁地看看這個房間，白得刺眼的牆，還有光禿禿的地板，幸好有塊圓形手編的地毯。

房裡有張舊床，床角有四根圓柱，另一個角落則有一張三角形的桌子，上面有一個紅色絨布做的針插。

牆上有一面小鏡子，桌子和床之間的窗戶懸掛著潔白的蕾絲窗簾，窗簾前方有個洗臉台。

「唉，可惜啊！我跟這房間只有一個晚上的緣分。」安妮開始低聲哭了起來，換上睡衣之後，蒙頭就躲進被窩裡。

瑪麗亞回來拿蠟燭時，只看見衣服散落一地，再看看被弄亂的床。確定安妮已經睡了之後，她開始收拾衣服，折疊整齊後擺在椅子上，然後拿著蠟燭來到床邊，和安妮說：「晚安！」

突然，安妮掀起被子，露出一張蒼白的小臉。

「您爲什麼要跟我說『晚安』呢？您明明知道對我來說，從沒有一個夜晚像今天這麼難過。」才說完，安妮又躲回被窩裡繼續哭泣。

瑪麗亞慢慢地踱回廚房洗碗，不經意看到馬修一臉愁悶地抽著煙，看來他也正在想事情。

「事情怎麼會變成這樣呢？我明明交代得很清楚啊，明天我還是得親自去跟史賓賽夫人弄個水落石出，看是不是能夠請她把小孩還給孤兒院。」

「妳一定非得這樣做不可嗎？」馬修勉強擠出這句話。

「那你覺得呢？不是本來就應該要這樣子的嗎？」

「我覺得既然這孩子挺機靈可愛的，而且又剛好這麼喜歡這裡，看她這個樣子，妳難道忍心把她給送回去嗎？」

瑪麗亞一臉驚訝地說：「馬修，難道你想把她留下來嗎？」

馬修被反問得有點不知所措，結結巴巴地回答說：「是的。噢！這應該怎麼說呢？我也不希望事情變成現在這樣，這也不是我願意的，但是……爲什麼我們不能留下她呢？」

「如果要把她留下，她一個小女孩，能夠幫忙我們什麼呢？」

「嗯，可是我們可以幫助這孩子啊！」

瑪麗亞難以置信地看著馬修：「你到底怎麼啦？是不是中了那孩子的邪啊？」

「那孩子真的很可愛，我把她這一路上說的話跟妳說，好嗎？」

「果然如此，我討厭小孩囉囉唆唆地說個沒完，一點教養都沒有，我們還是把她還給人家好了。」

馬修仍不願放棄最後的努力：「要幹活的話，我可以請別的小孩幫忙，但是這個女孩可以和妳作伴。」

「作伴！你開什麼玩笑？我這老太婆看起來像是需要找人做伴嗎？」瑪麗亞冷漠地說。

「好吧！隨便妳愛怎樣就怎樣吧！」馬修似乎有點生氣，站起來，熄掉煙斗。

「我要去睡覺了。」

瑪麗亞洗好碗，也皺著眉頭上床了。

這樣的夜裡，似乎一如往常般安靜，只是在二樓東邊的房間裡，有個渴望被疼愛而含著淚水入睡的小女孩呢！

問個究竟

「要是沒有遇到安妮，恐怕也聽不到這些奇怪的話。馬修說得沒錯，這的確是個很有趣的孩子。瑪麗亞訝異自己怎麼也開始有這種莫名其妙的想法。

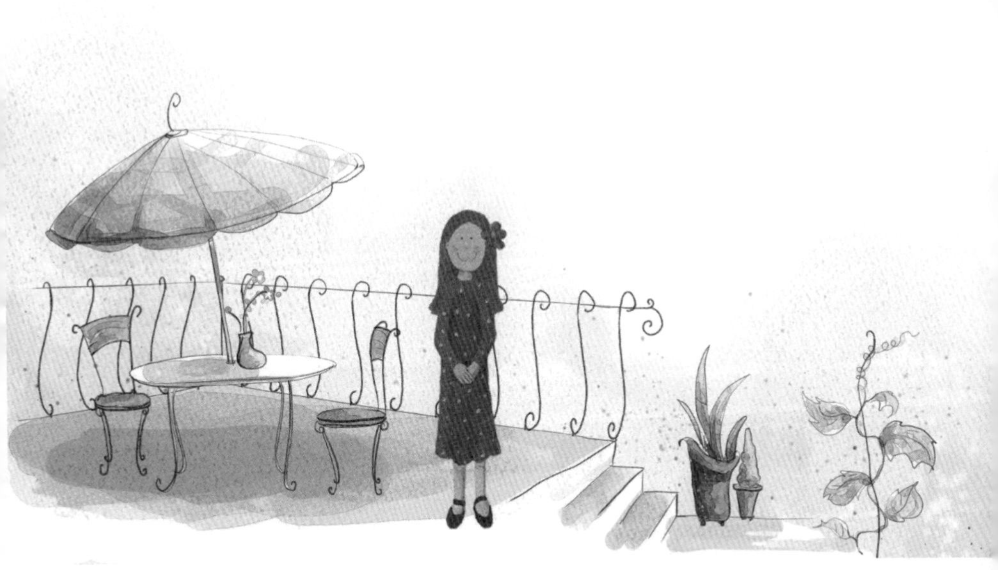

幾縷陽光透過窗戶，照亮安妮的房間。

安妮睜開眼，一時之間竟忘了自己身在何處。不過，她很快清醒了，是的，他們不要她，雖然這的確讓人傷心，但是現在眼前的美景實在太誘惑人了，她輕快地跳下床，推開窗戶，深深吸了一口氣。

又高又大的櫻花樹開滿了白色的花朵，延伸出來的枝幹幾乎要爬上了窗台。房子兩側的蘋果園和櫻樹林也繁花似錦，花園的丁香盛開，飄來陣陣濃郁的香味。

窪地上的河流穿過枝繁葉茂的白樺林蜿蜒而來，遠處的山丘上，針樅和櫻花點綴著綠意盎然的大地。

從樹縫間隱約可見「閃亮的湖水」旁那棟小屋的尖頂。左後方是河流環繞的草原，遠遠還可以看見銀波蕩漾的碧海。

安妮被這樣的美景吸引得出了神，就連瑪麗亞走進房間都沒有發現。直到瑪麗亞在她肩上輕輕拍了一下，她才回過神來。

「妳該換衣服了。」瑪麗亞沒好氣地說，她實在不知道該怎麼和安妮講話。

安妮吃了一驚站了起來，手指著窗外說：「您看窗外景色多美啊！」

「妳是指那棵樹嗎?那棵樹花開得多，果實卻結得少，都被小蟲吃掉了。」

「噢！我不是指那棵樹！雖然它也很美，但是這裡的景色，這裡的庭院、果園、小河和樹林……等等，這些一切的一切都太美麗了！看見這樣的早晨，您不覺得世界很可愛嗎？」

「您看！小河好像正在微笑著向您走來！這條小河環繞著綠屋實在是太棒了！伯母，您是不是想著，我反正又不能留在這兒，這裡的景色怎麼樣，對我而言根本無所謂吧？雖然我覺得現實很不公平，就算是我以後再也無法看到，我也會永遠記得這條小河。」

安妮一直喋喋不休地說著，瑪麗亞好不容易才逮到空檔說話：「妳要怎麼想就怎麼想吧！我已經準備好早餐了，妳趕快去刷牙漱口，離開房間的時候記得把棉被疊好放在床邊，動作快一點！窗子就讓它開著好了。」

安妮熟練地完成瑪麗亞交代的這些事情，連忙換好衣服下樓來，坐在瑪麗亞指定的椅子上。

「昨天好像是世界末日一樣，完全不想吃東西，但是現在我的肚子真的好餓喔！而且看到美麗的風景，心情也豁然開朗起來。天氣真好，心情也好。以前看悲劇小說，總喜歡把自己幻想成書中悲慘可憐的主角，現在自己親身體驗到那種命運，才知道這感覺有多難過。」

說完，安妮安靜了許久，不再開口說話。

屋子突然安靜下來，反而讓瑪麗亞渾身不自在，就連一向不說話的馬修坐在一旁也覺得古怪。

瑪麗亞悄悄觀察著安妮，這小女孩看來食不知味，用一雙大眼睛骨碌碌地四處打量，偶爾還抬頭望著窗外遠方的天空，不知道在想些什麼。

瑪麗亞心裡嘀咕：「這小孩腦袋瓜不知道在想些什麼，真是教人不放心。我怎麼可能跟她一起生活呢？」

馬修看著現在這個狀況，心裡很想收留這孩子，卻完全不提一字。這是因為當馬修決定一件事情的時候，就會用沉默來堅持自己的想法，通常這樣的做法都會讓他得到最後的勝利。

吃完飯，安妮主動提議要幫忙洗盤子。

「妳可以嗎？」

「您不要小看我唷，我不但會洗盤子，還會照顧小孩，只是您們這裡沒有小孩可以讓我照顧而已。」

安妮動作熟練地把桌上的碗盤收拾到洗碗槽裡，瑪麗亞在一旁冷眼看著安妮洗盤子的動作。在她看來，似乎只能算是差強人意吧。

她交代安妮：「妳洗完盤子之後可以去外面玩，不要忘了時間，中午要記得回來吃飯。」

安妮聽完，收拾整齊之後，興高采烈地就要轉身離開，但是蹦蹦跳跳地才走到門口卻突然停下來，垂頭喪氣地往回走，坐在桌子前面。

「又怎麼啦？」瑪麗亞好奇著這孩子到底又在想些什麼。

「我沒有辦法提起勇氣到外面去玩。我想，既然再過不久我就得離開這裡，就算再怎麼喜歡綠屋，也沒有辦法留下來。如果我現在到外頭跟花草樹木、山川果園做朋友，只是讓我回憶起來更傷心而已。」

「其實，我也很想到外頭去玩，大家一定會叫我：『安妮！安妮！快來這裡跟我們玩！』但是，想到今天再怎麼快樂，晚點就會被拆散，我還是寧可根本不要認識大家的好。啊！伯母，那邊窗台上種的花叫什麼名字？」

「蘋果葵。」

「是嗎？這是伯母自己取的名字吧！那，我來給它改個名字好了，就叫它『波尼』好了！」

「什麼名字都不重要，但爲什麼要幫花取名字呢？」

「每次我一替花取名字，就會覺得它像朋友一樣，好親切。伯母，您也不喜歡別人只叫您『女人』吧，我想花也會喜歡自己有個的別致名字的。而且，我已經把二樓窗外那棵櫻花樹取名爲『白雪女王』，因爲它開滿了白色的花朵。雖然它不會一年四季花開滿枝頭，但是它不開花的時候，我們也可以自己想像啊！」

瑪麗亞到儲藏室去拿馬鈴薯時，一邊走一邊想著安妮的言行舉止。

「要是沒有遇到安妮，恐怕也聽不到這些奇怪的話。馬修說得沒錯，這的確是個很有趣的孩子。看來我也和馬修一樣，中了她的邪了。」

瑪麗亞訝異自己怎麼也開始有這種莫名其妙的想法。

「我得想個法子讓馬修先開口，他如果要求留下小孩，我才有台階下。」

從儲藏室回來時，瑪麗亞見安妮又陷入想像世界中，就不打擾她了，直到午餐的時候才叫她過來。

吃完午飯，瑪麗亞對馬修說：「下午我要用馬車，可以嗎？」

馬修點點頭，用疼惜的眼光看著安妮。

「我要帶安妮去白沙村，請史賓賽夫人把她送回孤兒院。你的下午茶我已經準備好了，我應該會在天黑前回到家。」

無論瑪麗亞說什麼，馬修都不理不睬，讓她有些惱羞成怒。

下午，馬修把馬車停在院子前面，打開柵門，送瑪麗亞和安妮上車。

她們準備出發時，馬修像是喃喃自語似地小聲地說：「早上有一位從樹林那頭來的男孩叫喬利．普德，我已經跟他講好了，這個夏天我要僱用他來幫忙。」

瑪麗亞沒有回答，只是狠狠地抽了馬兒一鞭。

馬兒受到驚嚇，很快向前衝了出去。

第 5 章

安妮的身世

要說出自己這段傷心的往事，安妮覺得難受極了。

瑪麗亞一邊駕著馬車，一邊心裡想著：「小女孩真可憐。」漸漸能體會到她渴望親情的感受。

「好吧！我決定不再想回孤兒院這些煩人的事了，我要珍惜現在這趟馬車之旅。伯母，您看！粉紅色野玫瑰正盛開著，我猜，它一定很高興自己是粉紅色玫瑰。我覺得粉紅色是世界上最有魅力的顏色，可惜我一頭紅色的頭髮，穿粉紅色的衣服又不合適，就連想像起來也怪怪的。不過，我聽說有人小時候頭髮是紅色的，長大之後會變成其他的顏色，您聽說過這種事情嗎？」

「哦！沒聽過。妳想變成那樣嗎？」瑪麗亞表情黯淡地回答。

「唉！看來我的希望又少了一個。我曾經在書中讀過一個句子——『人生就像希望的墳場』。每當我失望的時候，就用這句話來安慰自己。」

「爲什麼妳覺得這句話能安慰人？」

「您不覺得這句話很羅曼蒂克嗎？彷彿自己是書中的主角……，請問一下喔，我們今天會從『閃亮的湖水』旁邊經過嗎？」

「妳說的是巴里家的池塘吧？今天不會經過那兒，我們要走通往白沙村的海岸路。」

「海岸路？哇！聽起來就覺得好美麗唷！那裡的風景是不是也名副其實呢？白沙這名字也很美，但沒有亞凡利村美。亞凡利村聽起來像音符。」

「安妮，跟我談談妳的身世吧！」

「我的身世平淡無奇，沒什麼好說的。我跟妳說我想像中自己的故事好嗎？伯母應該會比較有興趣的。」

「妳的想像故事，我聽得太多了，現在說點真實的事吧！從出生開始說好了。妳在哪兒出生？現在幾歲？」

安妮歎了一口氣：「我十一歲又三個月。我在新斯克夏半島的寶林克普羅克出生，爸爸叫華爾達・雪莉，在寶林克普羅克中學當老師。媽媽也是同一所學校的老師，叫芭莎・雪莉。她和爸爸結婚以後，便辭掉工做了，兩個人住在寶林克普羅克的一棟黃色小屋裡。他們很孩子氣，窮得就跟教堂裡的老鼠一樣。這些全是湯瑪斯阿姨跟我說的。」

安妮停了一下，悲傷地說：「可是媽媽在我三個月大時，就得熱病死了。我好希望她能活到讓我叫她一聲『媽媽』，這樣我才能對她留下一些回憶。唉，『媽媽』這個名詞真令人懷念。」

「我爸爸在媽媽死後四天，也因爲熱病死了，我就變成了孤兒。當時就沒有人願意收養我，也許這就是我的宿命吧！」

「後來呢？」瑪麗亞問道。

「在走投無路的情況下，湯瑪斯阿姨收容了我。雖然她生活也很拮据困苦，老公又酗酒，但是她還是把我留在身邊。」

「後來，湯瑪斯阿姨全家搬到邁阿理斯巴盧，直到我八歲那年，我都和他們住在一起，平常是由我來照顧他們家四個比我年紀還小的孩子，我簡直累壞了，可是爲了要住下來，不得不忍受！」

「幾年後，湯瑪斯先生不幸被火車輾死了，他母親收留湯瑪斯阿姨和四個小孩，但拒絕收留我。阿姨爲我的事四處求人，最後還是住在河川上流的哈蒙德先生看我會帶小孩，便收留了我。」

「所以，妳就到那個哈蒙德先生家裡去了？」

「嗯！哈蒙德先生經營一家小型伐木場，有八個小孩，光是雙胞胎就有三對。雖然我很喜歡小孩，可是那三對雙胞胎真是讓我頭痛死了。那真是一個讓人感到孤單寂寞的地方，我只能靠著我的想像力生活下去。」

安妮歎口氣，又繼續說：「在那兒住了兩年多，哈蒙德先生死了，他太太把小孩分送給親戚照顧，自己去了美國，我只好住進孤兒院。那時候孤兒院也人滿爲

患，院長看我舉目無親，又沒人肯收留我，只好把我勉強給留下來，一直到史賓賽夫人出現，我在孤兒院一共住了四個月。」

要說出自己這段傷心的往事，安妮覺得難受極了。

馬車經過海岸路時，瑪麗亞問道：「妳有沒有上過學？」

「斷斷續續的，沒上多久，我在離開湯瑪斯阿姨家前的那一年，念了一點書。在哈蒙德先生家時，我們住在河川上游，冬天下雪不能去上學，夏天也放假，但是春秋兩季可以上學，在孤兒院的時候也上過一段時間。」

瑪麗亞看了安妮一眼，再問：「那些人，像是湯瑪斯太太、哈蒙德太太，她們對妳好不好？」

安妮一時語塞，漲紅著臉地回答：「我想，她們有心想對我好，不過，她們也有自己的苦衷，一個先生酗酒，一個生了三對雙胞胎，幾乎自身難保……我想，她們算是對我很好吧。」

瑪麗亞一邊駕著馬車，一邊心裡想著：「小女孩真可憐。」漸漸能體會到她渴望親情的感受。

「安妮只期望有個家可以收容她，而我卻狠心地要送她回去，這實在是太殘酷了。不如就照馬修的意思讓她進我們家吧。其實，這孩子的本質不錯，教導起來也不會太吃力，至於愛講話的缺點，應該可以慢慢地改過來。」

海岸路上樹木林立，杳無人跡。右手邊有密密麻麻的矮樅樹，左手邊則是陡峭的懸崖。懸崖下有個海灣，坎坷不平的大岸石上砂礫像是寶石般閃爍。再過去是碧藍的大海，海鷗揮舞著白色翅膀，在天空翱翔。

安妮一路上張大著眼睛，看著四周瑰麗的風景。突然間，她指著遠方問：「前面那幢大屋子的主人是誰？」

「那幢大屋子的主人是卡德先生，那大屋子是白沙飯店。現在是旅遊淡季，等到夏天一到，許多美國觀光客會來這裡度假，這海岸可是很著名的避暑勝地呢。」

「喔，我還以為那是史賓賽夫人家呢！」

第 6 章

最後的抉擇

第二天，瑪麗亞還是沒有把他們的決定告訴安妮。安妮心事重重地踱步回到瑪麗亞的身旁，安靜地用懇求的眼光看著。瑪麗亞實在找不到藉口再瞞著她了。

終於到了史賓賽夫人家門前，史賓賽夫人一看到客人是安妮和瑪麗亞，溫柔的臉上露出詫異的表情，因為這實在太出乎意料了。

「哎呀！太讓我吃驚了，沒想到是妳們，歡迎！歡迎！安妮，妳好嗎？」

安妮想笑卻笑不出來，心事重重地說：「謝謝，我很好。」

瑪麗亞直截了當就問：「史賓賽夫人，今天我有事向妳請教一下，不曉得是不是妳不小心弄錯了？我們那時候是請羅伯特先生轉告妳，我們想從孤兒院領養一個十或十一歲的小男孩。」

史賓賽夫人聽了大吃一驚：「啊！那天羅伯特是叫他的女兒南西來告訴我，妳和馬修想要領養一個女孩呀！」

「嗯，那一定是她傳錯話了。」瑪麗亞無奈地回答。

「瑪麗亞，真的很抱歉，雖然不是我的錯，但我還是得向您道歉，南西那丫頭實在太馬虎大意，她就是這個缺點，我常常罵她，她就是改不過來。」

「沒關係，我知道了，但是現在這問題該怎麼辦呢？如果要把安妮送回孤兒院行嗎？孤兒院肯不肯收留她呢？」

「沒關係，不用還給孤兒院。昨天我碰到彼德太太，她說想要一個能幫忙家裡

工作的小孩。安妮不是正好合適嗎？看來這全是上帝的旨意！」

瑪麗亞並不這麼認爲，她曾經和彼德太太有過幾面之緣，知道她是個尖酸刻薄的女人，村民都說她會故意指派許多工作虐待下人，曾經在她家工作的人也在背後指責她：「彼德太太脾氣不好，人又小氣。她家幾個孩子驕縱得不得了，根本目中無人，真叫人受不了。」

瑪麗亞一想到要把安妮送給這樣的家庭，便情不自禁地感到心疼。她正想著的時候，彼德太太剛好從附近走了過來。

「哎呀！說人人到。真是太巧了，我們就在這兒談談，直接就做個決定吧！」

史賓賽夫人先招呼瑪麗亞和安妮進客廳休息。

一會兒，彼德太太走了進來。

安妮目不轉睛地盯著彼德太太，緊握的雙手垂在膝上，安靜地坐了下來。想到自己要被送給這個看起來眼神冷酷的女人，她不禁悲傷起來，忍不住淚水在眼眶裡打轉。

史賓賽夫人指著安妮，對彼德太太說：「讓我先來解釋一下，事情是這樣的，我以爲卡斯巴達家要領養女孩，但是他們其實想領養男孩。如果妳覺得要找個能做

事的孩子的話，這女孩倒還挺合適的。」

彼德太太把安妮從頭到腳仔細打量了一下，冷冷地問：「妳今年幾歲？叫什麼名字？」

安妮顫抖不安地答：「安・雪莉，十一歲。」

「嗯！看來身體蠻健康的，不過，最重要的是人要勤勞聽話，那我現在就帶妳回去。我跟妳說，我讓妳有飯吃，妳就得認真工作來報答我。瑪麗亞，我這就帶她回家了，我們家小孩在家哭得正厲害呢！」

安妮的臉色變得慘白，像頭待人宰殺的羔羊。

安妮絕望無助的表情，使瑪麗亞如坐針氈。突然間，她做出了決定，她不能把安妮交出去。

於是，她慢條斯理地對彼德太太說：「馬修和我並沒說不領養這小女孩。事實上，馬修還想留下這孩子呢，今天我不過是來把事情問個清楚而已。現在我想先帶她回家，和馬修再商量看看。要是決定不領養的話，我明天會親自帶她去妳家；要是沒去，就表示我們把她留下來了。」

「好吧！」彼德太太滿臉不高興地說。

有了瑪麗亞這番話，安妮露出希望的神情。等史賓賽夫人送彼德太太走出客廳，她馬上雀躍跑到瑪麗亞面前。

「伯母，您剛才說有可能要把我留在綠屋，這是真的嗎？」

瑪麗亞嚴肅地說：「對的……不過，我還沒完全決定，因為還必須問過馬修才能確定。」

「您放心，我一定會盡可能地讓您們滿意的，我會幫忙做很多很多事情的。您知道嗎？那女人看起來像會刺人的錐子一樣，如果要我去那女人家，等於讓我去送死，我寧願回去孤兒院。」安妮激動地說著。

瑪麗亞強忍自己的笑意，心裡覺得有必要糾正安妮這種尖酸語氣。

「小孩子要尊敬長輩，不可以說這種沒有禮貌的話。妳現在乖乖坐下，要有個好女孩的樣子。」

「只要伯母您肯收留我，我什麼都聽您的。」安妮高高興興地坐回沙發上。

到了黃昏，瑪麗亞駕車回家的時候，遠遠地就看見馬修在小徑上等候。

儘管馬修沒說什麼，瑪麗亞知道他一定很高興看到她們一起回來。等到把馬車停好，和馬修一同去擠牛奶時，才簡單地提了一下安妮的身世和今天在史賓賽家發生的事。

「就算是一條狗，我也不忍心送給彼德太太虐待！」瑪麗亞生氣地說。

馬修也開口道：「與其把安妮送給他們，還不如讓她留下來，至於那些工作，我自己辛苦一些也無所謂。我們都沒有帶小孩的經驗，也許一開始會教得不好，但多花些時間，慢慢教，一定能教會這孩子的。」停了一會兒，他笑著說：「這孩子真的很有趣。」

瑪麗亞直率地說：「嗯，我想我們一定能讓她以後有出息的，你放心好了，我會盡心地管教她。可是，該處罰的時候，我就會處罰，不准你插手干涉。」

「好吧！不過，妳也不要對她太凶，要溫柔一點。」

瑪麗亞似乎不以爲然，把牛奶倒進奶油分離器時，心裡想著：「今天晚上先不要跟安妮說這件事，免得她又興奮得睡不著覺。唉，真沒想到會從孤兒院領養個女孩，而且竟然是連平常見到女孩都會臉紅的馬修也喜歡的，真是難得！」

這天晚上，瑪麗送安妮回房間時，語氣嚴厲地說：「安妮，昨晚妳怎麼把脫下來的衣服丟了滿地呢？妳要記得，以後要把衣服疊好放在椅子上才能去睡。」

「對不起，昨天我心情不好，根本沒注意這些，今天我一定會收拾好。」

「嗯，如果想住在這裡就不能忘記。還有，上床前要禱告。」

「禱告？我從來就沒有禱告過。」

「什麼？難道他們沒有人告訴過妳，乖小孩要隨時向上帝禱告嗎？等等，妳知道『上帝』嗎？」

「上帝有無限的愛，永遠不變。祂的智慧、力量、神聖、正義、至善和至誠也永遠不變。」安妮一氣呵成地回答。

「嗯！幸好妳還知道一點。這些話妳從哪裡學到的？」

「孤兒院的主日學中曾經教過。我還學到了一些很美的字句，像『無限』、『永遠不變』等形容詞，聽到這些形容詞，就好像聆聽管風琴彈奏，心裡會有種震撼，雖然不是詩，卻有著像詩一樣的優美感覺。」

「嗯，我們現在暫時不談詩，回到正題。妳每天晚上不禱告，難道真的能安然入睡嗎？妳不會覺得自己像個壞小孩嗎？」

「要是伯母有一頭和我一樣的紅頭髮，想要不變成壞小孩也很難吧！不是紅頭髮的人根本不能瞭解其中的痛苦。湯瑪斯阿姨說過，我是壞小孩，上帝才會把我的頭髮變得這麼紅的，所以我不喜歡上帝。更重要的是，每天晚上睡覺前我都快累死了，根本沒時間禱告。」

「安妮，妳想待在這個家，就得與我們一樣禱告。」

「只要是您說的，我就保證一定會做到。不過，伯母今天可不可以先教我該怎麼禱告？」

瑪麗亞笑了笑，安頓安妮上床後，一邊計劃著明天還要再教安妮些什麼，一邊走進廚房，看見馬修還沒睡，便和他聊了一會兒。

「馬修！我們一定要好好教導安妮。今晚是她第一次禱告，你能相信嗎？以前居然沒有人教過她該怎麼禱告。還有，我要趕快給她做幾件像樣的衣服，讓她去上主日學。現在看來，要教育這孩子得做的事還多著呢。」

第二天，瑪麗亞還是沒有把他們的決定告訴安妮。上午，她分配給安妮許多工作，觀察的結果，發現這孩子工作態度果然讓人滿意，不但手腳俐落，而且聰明伶俐，教過一次就會了。

唯一缺點就是常常工作到一半時陷入沉思，沒叫她，她就不會回過神來。

洗完午餐用過的碗盤後，安妮突然走到瑪麗亞的面前，說：「伯母，您能不能告訴我？您和馬修伯伯到底願不願意讓我留在這裡？」

「我告訴過妳，最後還要用熱水把抹布消毒完才算結束，妳快點去把我交代的事做完再說。」

安妮心事重重地回到廚房把抹布洗好，又踱步回到瑪麗亞的身旁，安靜地用懇求的眼光看著。

瑪麗亞實在找不到藉口再瞞著她了。

「好吧！老實跟妳說，馬修和我決定讓妳跟我們長期住在一起！但是，妳必須聽話，做個好孩子。咦！妳又怎麼啦？」

只見安妮揉了揉發紅的眼睛，很不好意思地回答：「我也不知道自己爲什麼會哭，一定是我太高興了！您放心好了！我一定會努力做個好孩子。嗚……我怎麼又哭了呢？」

「妳太激動了！來，坐在椅子上，不准再哭了，我們決定把妳留下來，還要送妳上學讀書。再過兩個禮拜，學校就要放暑假了，現在去也學不到什麼，所以等九月開學後就要去上學囉！」

「嗯，現在，我是世界上最幸福的人了。但是我應該怎麼稱呼您呢？稱『卡斯巴達女士』，還是『瑪麗亞伯母』，您覺得哪個比較好？」

「叫『瑪麗亞』就好了。」

「光叫『瑪麗亞』，會不會沒有禮貌？」

「只要妳對我心存敬意就可以了。在亞凡利村，除了牧師先生以外，每個人都叫我『瑪麗亞』。」

「可是我想叫您『瑪麗亞伯母』好不好？我沒有媽媽，這樣叫會讓我覺得好像有親人一樣。叫您伯母可不可以？」

「這樣不好吧？我又不是妳真正的伯母。」

「但是我可以想像您就是啊！」

「我不喜歡想像，事實就是事實！我要妳現在去客廳，把放在壁爐上的卡片拿來。妳要好好把卡片上寫的祈禱文背好，以後不能沒有禱告就上床，知道嗎？」

「瑪麗亞，您說，在這裡我有機會交到好朋友嗎？」

「嗯……我們這附近有個年齡和妳相近的女孩，叫做黛安娜．巴里，她是個好孩子，也許妳可以和她能成爲好朋友也不一定。巴里夫人是個很嚴肅的人，只有乖小孩才能和黛安娜做朋友，所以妳要當個乖小孩才行。」

安妮眼睛一亮，十分興奮地問：「黛安娜漂不漂亮？會不會是紅頭髮呢？我自己不幸是紅頭髮，絕對受不了連好朋友的頭髮也是紅色的。」

「她很漂亮，有著黑色閃亮的眼睛、玫瑰色的雙頰，是個聰明伶俐乖巧的好孩子。我想，一個人聰明與否，要比漂亮來得重要，不是嗎？」

「能夠長得漂亮很好啊。我想要是自己是美人，一定會是很棒的事。但是如果不是，退而求其次，擁有一位美麗的知己也不錯。」

全新的生活

黛安娜帶著安妮走到院子，

站在花叢中，害羞地望著對方，

最後還是安妮先鼓起勇氣，

握緊雙手，小小地聲問：

「黛安娜，我可以跟妳做好朋友嗎？」

不乖的安妮

望著琳達夫人憤怒離去的身影，瑪麗亞覺得自己沒能盡到管教的責任，安妮對長輩出言不遜，這實在是丟臉極了。她實在不想拿鞭子責罰，但要怎樣才能讓安妮了解自己犯了什麼錯呢？

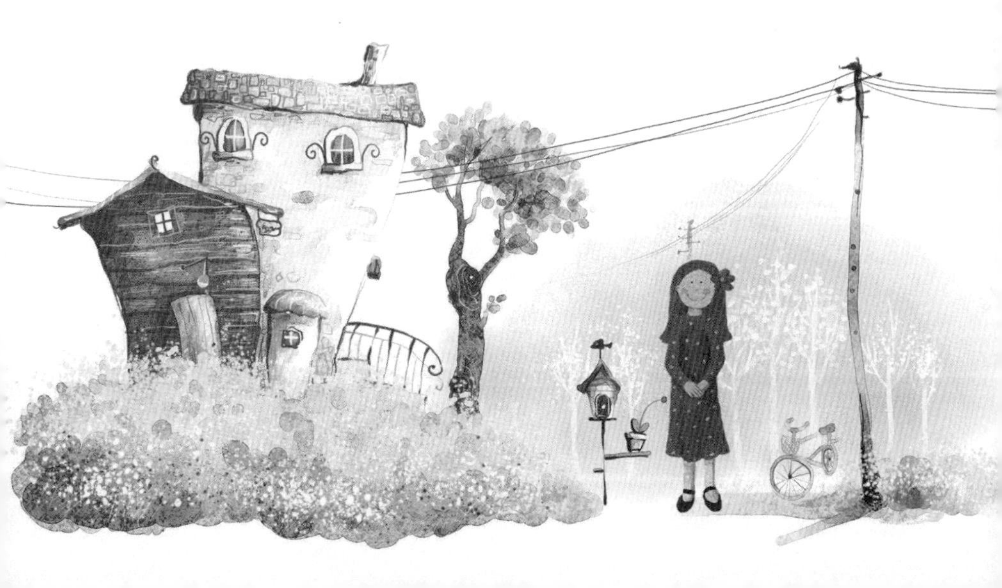

安妮住進綠屋已經兩個星期了。

在這期間，有關安妮的消息已經慢慢在附近傳開了，琳達夫人自從聽到消息之後，一直想看看這個安妮到底長什麼樣子，卻不巧得了重感冒，無法出門。當醫生准許琳達夫人可以外出之後，她馬上三步併做兩步，趕緊前往綠屋一探究竟。

這兩個星期，只要是瑪麗亞允許，安妮就會到綠屋附近的樹叢、草坪、蘋果園和沿途的樹林、窪地裡的泉水……這些地方探險，回來之後，興奮地告訴馬修和瑪麗亞自己今天所發生的事，像是來到天堂一樣的開心。

琳達夫人前來拜訪的那個傍晚，安妮正在果園裡遊玩，瑪麗亞則坐在客廳裡編織毛衣。

「晚安！瑪麗亞。妳們『家人』都還好嗎？」

琳達夫人一進門就不懷好意地笑著，而且在說「家人」那個字時，聲音還特別提高。她開始一字不漏地說著這段日子自己有多可憐，竟然染上了重感冒，嚴重發燒，全身酸痛到根本下不了床……等等。經過冗長的抱怨之後，琳達夫人終於談到此行的真正目的。

「雖然我都沒有出門，不過，聽說最近妳和馬修發生一些可怕的事情……」

「一開始，我也很驚訝自己怎麼會決定認養安妮。」瑪麗亞打斷琳達夫人的話：「但是，現在看來也沒有什麼不好，我們的生活慢慢步入正軌，真是謝謝妳的關心。」

「生活步入正軌？我看，妳們的生活會發生不幸吧？當初怎麼會發生這種錯誤的呢？」琳達夫人表示同情：「難道妳就準備讓她長期待在這裡了嗎？」

「應該吧！馬修蠻喜歡她，我也不討厭她。雖然這孩子個性上有些小缺點，但性格大致上很開朗。自從她住進來之後，我們家裡的氣氛變得完全不一樣了。」

琳達夫人仍然不相信，酸溜溜地說：「妳唷，是在給自己找麻煩，簡直就是拿石頭砸腳。妳要知道，妳和馬修兩個人都沒有養過小孩，根本就沒有經驗，這個孩子妳也不清楚她的來歷和個性，更不知道將來會變成什麼模樣？我真是不懂妳腦袋裡在想些什麼？」

瑪麗亞聽到琳達夫人的連番批評，不禁有點生氣，答道：「妳就不用為我們擔心了！我們已經決定的事，就不會改變主意，倒是妳想不想見見安妮這孩子？我叫她進屋裡來！」

才說著，安妮正好一溜煙跑進來，突然看見家裡不知何時多了客人，一下子也

不知道該怎麼辦，愣了一會，不知所措地停在門口。

安妮還穿著孤兒院那套破舊不合身的衣服，露出細細長長的兩條腿，臉上紅通通的，雀斑也因此比平常更加明顯，一頭蓬鬆紅髮被風吹得亂七八糟的，彷彿燃燒著的火焰，這模樣讓她看起來像是個野孩子。

琳達夫人一見安妮，馬上脫口而出說：「這孩子怎麼這麼瘦？長得也不好看，妳過來，我仔細瞧瞧。哇！雀斑好多，這頭髮紅得像紅蘿蔔一樣。」

琳達夫人往往有話直說，雖然話裡沒有惡意，卻常讓人聽了心裡不舒服。

安妮氣得臉一下子漲紅了起來，用力地跺腳，歇斯底里地叫著：「我討厭妳，討厭！討厭！我從沒見過像妳這樣沒禮貌、愛批評別人的人。」

「安妮！不可以這樣！」瑪麗亞嚇了一跳，連忙制止。

安妮這時候哪裡聽得進這些話，繼續大聲叫著：「妳有沒有想過妳這樣批評別人，別人會有怎樣的感覺？妳看看妳自己，簡直就是胖豬呢！不但難看，樣子又醜，而且一點想像力也沒有。是妳先批評我的外表的，現在換我批評妳，我可不怕妳生氣。」

琳達夫人受到驚嚇，也扯開了嗓門大叫道：「哎呀呀！妳怎麼可以這樣對我說話呢？我從來沒有見過像妳脾氣這麼壞的小女孩！」

瑪麗亞先鎮靜下來，命令安妮：「安妮，妳先回房間去。」

安妮自己覺得受了委屈，瑪麗亞也不幫忙說話，「哇！」的一聲，邊哭邊跑上樓去了。琳達夫人則心有餘悸地說：「看吧！看吧！我就說妳給自己找來這麼大的麻煩，妳還不承認。」

「琳達，妳這樣當面批評小孩，會不會太過分了？」話才剛說出口，瑪麗亞自己也嚇了一跳，她原先想向琳達道歉，怎麼會順口說出這種話來！

「瑪麗亞，怎麼妳也是非不分，一味袒護小孩呢？」琳達夫人氣得火冒三丈，忍不住對瑪麗亞說出一連串尖酸的話：「好！好！這小孩妳教得好，我看，這種來路不明的孩子有得妳累了。我真的非常同情妳，我建議妳乾脆準備一根鞭子管教小孩，這樣看來應該有效多了。瑪麗亞，我回去了，以後大概不會再來打擾妳了。我跟妳說，這是我有生以來頭一次受到這樣大的侮辱。」

話一說完，琳達夫人悻悻然地甩了門離開。

望著琳達夫人憤怒離去的身影，瑪麗亞慢慢地走到安妮的房間。

她覺得自己沒能盡到管教的責任，安妮才會缺乏教養，對長輩出言不遜，這實在是丟臉極了。現在又該怎麼辦呢？她實在不想拿鞭子責罰，但要怎樣才能讓安妮了解自己犯了什麼錯呢？

走到安妮房間門口，只見安妮趴在床上嚎啕大哭。

「安妮。」

瑪麗亞叫了一聲，安妮不理她，反而哭得更大聲了，於是她用嚴厲的口氣說：「安妮！妳現在馬上給我從床上起來，我有話要對妳說。」

安妮止住眼淚，坐到床邊的椅子上。

她雖然哭得滿臉淚痕，仍然倔強地盯著地板。

「妳自己反省一下，妳剛剛的態度難道真的沒錯嗎？」

安妮沒有直接回答，大聲喊著：「就算她是大人又怎麼樣？大人也不能說我長得難看，又批評我的頭髮跟紅蘿蔔一樣。」

「好吧，就算妳是小孩子，也不可以這樣發脾氣，又對長輩說話大小聲！妳不是答應我要當個有禮貌的孩子嗎？妳真的讓我太失望了。還有，妳不是自己也常常說紅頭髮不好看嗎？爲什麼別人這麼說，妳就氣成這個樣子呢？」

「自己說和被別人說，感覺根本不一樣嘛。而且我真的很生氣，氣到根本不知道該怎麼辦，所以才會那樣對她說話。」

「可是，妳讓我覺得很丟臉，琳達夫人也會到處跟別人說妳是個沒教養的孩子，妳說現在該怎麼辦？」

「瑪麗亞，妳有沒有想過，如果妳跟我一樣，被別人批評又瘦又難看的話，會有什麼感覺？」安妮急著為自己辯解，眼淚又開始在眼眶中打轉。

瑪麗亞聽了這句話，想起小時候曾經有位阿姨在她背後指指點點地說：「看啊！這孩子好可憐，怎麼會長得又黑又難看，以後長大不知道該怎麼辦唷！」當時自己真的很難過，即使到現在，事情過了那麼多年，偶爾想到還是會覺得心酸酸的。

想起這件事，瑪麗亞語氣變得比較溫和，慢慢地說：「我知道妳會有什麼感受，我也承認琳達夫人這麼說話的確不太恰當的，但是妳的態度也有不對的地方。妳想想，她是妳初次見面的陌生人，又是長輩，更是我們家的客人。就憑這些原因，妳就不能夠對她這麼失禮，知道嗎？」

突然，瑪麗亞腦海裡靈光一現，想到應該如何處罰安妮。

「我要妳向琳達夫人道歉。」

「不行！」

安妮毫不猶豫地拒絕：「打死我也不願意，妳乾脆把我關進潮濕又黑暗的地牢裡，讓我跟噁心的蛇、蟾蜍或是青蛙住在一起，就算每天妳只給我水和麵包維生，我也甘願。但是要我跟她道歉，我可是忍不下這口氣的。」

「我不想把妳關進地牢裡，而且亞凡利村也沒有地牢可以關妳。」瑪麗亞起身挪步到門口，又回過來說：「如果妳不願意道歉的話，我想我也只好把妳關在這個房間裡了！」

安妮悶悶不樂地說：「看來，我這輩子都要留在這裡了。」

「妳自己好好想想，自己是不是說過，只要能留在綠屋，就會努力做個乖小孩？但是妳今天這樣子，我真的很難相信這句話。」

瑪麗亞明知道這麼說會讓安妮覺得愧疚，但還是丟下這句話走了。其實，她自己的心情也很糟，懊悔著剛才怎麼會這樣對琳達夫人說話呢，明明知道這樣是不對的，可是一想起琳達夫人氣得說不出話來的模樣，仍然情不自禁地笑了出來。

第 2 章

徹底的道歉

安妮得意地對瑪麗亞說：「怎麼樣？既然要道歉就要道歉得徹底一點。我的表現還讓人滿意吧？」回想起安妮道歉的樣子，瑪麗亞就忍不住想笑。

當天晚上，瑪麗亞並沒有告訴馬修白天發生的事。

直到第二天早上，馬修好奇著安妮怎麼沒有下樓吃早餐，瑪麗亞才把昨天的事一五一十地說了出來。

「那是琳達罪有應得！誰不知道這個女人不但喜歡嚼舌根，還愛管閒事。」

「馬修，你怎麼可以這樣說話？明明是安妮這孩子犯了錯，爲什麼你還護著她？接下來你是不是要跟我說安妮沒有犯錯，不要處罰她了？」

「沒……沒有啊，妳誤會了，我不是這個意思。處罰還是要處罰的，可是也沒有必要對她太嚴格吧！我想這孩子之所以會犯錯，也不是她自己願意的，只是因爲現在還沒有人教她應該要怎麼做才對。妳先拿點東西給她吃吧，要教的話以後多得是時間，可以慢慢教！」

「我會把早餐給她送去，免得別人說我要存心把她餓死。但是，我跟她說過了，如果她一天不道歉，我一天不准她走出房門一步。」

這天家裡顯得冷清，倔強的安妮始終不肯認錯。瑪麗亞準備豐盛的早餐、午餐和晚餐給安妮，結果她筷子動也沒動，餐盤只好原封不動拿了下來，馬修在一旁乾著急，卻又不能說些什麼。

等著傍晚，趁瑪麗亞到牧場巡視的時候，馬修趕緊躡手躡腳地走到安妮的房門口，朝門縫裡偷看。只看見安妮虛弱地坐在窗前的椅子上，望著庭院遠方，瘦弱的身影顯得更落寞了。

馬修輕聲推開門，走到安妮的身旁，小聲問著：「怎麼了，妳還好吧？」

安妮勉強擠出一絲笑容：「其實，這也沒什麼大不了的，我現在只能拼命想像其他的事情，希望時間能過得快一點。就算有點寂寞，但是遲早我會習慣的。」

馬修聽了安妮的話，心疼得不知道該怎麼說才好，只是覺得這件事情必須趕快解決，瑪麗亞可能隨時會回來。

「安妮，妳聽我說，瑪麗亞是個說話算數的人，她一定會堅持要妳道歉的，我們要想辦法早點解決這件事。」

「您的意思是要我向琳達夫人道歉？」

「對！妳去和她道歉並且請求她原諒，好嗎？這樣大家都會比較好過一些。」

「如果馬修伯伯要我道歉，我就去道歉。其實昨天我就知道自己錯了，可是還在氣頭上，根本沒想到是自己不好。」

「昨天晚上我翻來覆去的，根本沒睡好，半夜還醒了三次，一直覺得好生氣喔，但是今天早上一覺醒來，氣就消了。雖然我不習慣向別人道歉，寧願永遠關在這裡，可是只要馬修伯伯要我去做的事，不管是什麼，我都會答應。」

「我當然希望妳能夠向琳達道歉，這樣子我們家才能常常聽到妳的笑聲，妳不知道，如果妳不能下樓，我們家裡不知道有多冷清。而且一個好孩子本來就應該要勇於認錯，並且努力改正。」

安妮很果斷地說：「好，等瑪麗亞一回來，我馬上去認錯。」

「嗯，那就好，這樣就對啦。我來找妳的這件事，妳可別跟瑪麗亞說喔，否則她會怪我多管閒事。」

「馬修伯伯，您放心好了，我會保密的，畢竟這一切都是我闖的禍。」

馬修怕瑪麗亞發現，趕緊離開安妮的房間，到附近的牧場找朋友聊天。

瑪麗亞回到家，才走到樓梯間時，安妮像貓一樣，輕輕叫著：「瑪麗亞！」

「什麼事？」瑪麗亞問著。

「我願意去道歉。」

「那真是太好了，等一下我把牛奶擠完就帶妳去。」瑪麗亞好不容易鬆了一口

氣，要是安妮一直堅持不道歉，她真不知這件事該怎麼收場。

不久，瑪麗亞帶著安妮出門，瑪麗亞神清氣爽，安妮則是垂頭喪氣，一副無精打采的樣子。但是路才走到一半，安妮不知道怎麼了，突然變得神采奕奕，不但抬頭挺胸，像隻驕傲的小公雞，步伐也輕快有力起來。

瑪麗亞一臉疑惑地看著安妮：「妳到底又在想些什麼？」

安妮看著瑪麗亞，充滿精神地回答：「我正在想應該怎麼向琳達夫人道歉！」

照理說，安妮應該不可能這麼開心，但她竟然說自己正想著該怎樣道歉，瑪麗亞雖然有些疑惑，不過也感到很欣慰。

到達琳達夫人家時，她正在廚房編織。

安妮看到琳達夫人，臉上露出了愧疚的表情，一個膝蓋跪下，雙手顫抖地握著琳達夫人，說著：「伯母，我誠心誠意地請求您的原諒，我知道這一切都是因爲我不好，我翻遍整本字典，也沒有辦法找到適當的字眼來表達我對您無限的歉意。我知道，我應該要當個溫柔善良的女孩子，卻表現得這麼野蠻沒有教養，害馬修伯伯和瑪麗亞因爲我丟臉，我真是一個不知道感恩的壞小孩。」

「我既瘦小又滿臉雀斑，還有一頭可怕的紅髮。伯母您那天說得一點也沒錯，我不應該亂發脾氣，這樣的我，接受最嚴厲的處罰也不爲過。但是，求求您一定要原諒我，如果今天您不原諒我，我一定會傷心一輩子的。我想，您這麼仁慈，應該不會忍心見到我傷心一輩子吧？」

安妮低著頭，等著琳達夫人的回答。

雖然瑪麗亞早已看出安妮的表情都是裝出來的，但是效果不錯，琳達夫人聽完安妮的道歉之後，所有怒氣早已經煙消雲散了。

她扶起安妮，由衷地說：「快起來吧！我原諒妳就是了。其實，我也有錯，總是口無遮攔的，話也說得不好聽，請妳不要放在心上。不過，我知道附近有個女孩子，小時候頭髮就跟妳一樣紅，可是長大以後就變成很好看的棕色，也許有一天妳也會跟她一樣哩！」

安妮高興得跳起來。

「真的嗎？謝謝伯母帶給我希望。一想到將來能擁有美麗的棕色頭髮，什麼事情我都願意忍受……對了！伯母，我可不可以到您家的庭院的蘋果樹底下坐坐？那裡好美，我想，在那裡可以自由的發揮我的想像力。」

「哦！妳去吧！那兒有白水仙，如果喜歡的話，可以自己摘些回家。」

等安妮走出房間，琳達夫人很開心地起身為瑪麗亞準備下午茶。

「瑪麗亞，來這兒坐吧！妳們家的安妮真是個特別的孩子。其實多看幾眼，發現她倒是還挺惹人喜歡的，我現在可以理解妳們為什麼要收養她了，也能明白妳們喜歡她的理由。雖然她的脾氣雖然比較壞，但是她很誠實，會是個好孩子的。」

回家的路上，安妮得意地對瑪麗亞說：「怎麼樣？既然要道歉就要道歉得徹底一點。我的表現還讓人滿意吧？」

「嗯！的確道歉得很徹底。」

回想起安妮道歉的樣子，瑪麗亞就忍不住想笑，但是又覺得自己有責任糾正安妮這樣過於做作的行為，所以故意繞遠路回家，想要跟安妮多聊聊。

「我可不希望妳將來得經常這麼賣力道歉，記住了，以後不准亂發脾氣，知不知道？」

「只要別人不批評我的紅頭髮就沒事。」安妮歎了口氣，又說：「對其他的事我都可以逆來順受，只是提到頭髮的時候，我就覺得好討厭，好生氣唷！瑪麗亞，我問妳，我長大以後，頭髮真的會變成棕色嗎？」

「過分在意外表對妳沒好處的，妳不覺得這樣太過虛榮了？」

「我只是喜歡漂亮的東西而已，偏偏我又長得不好看。您說，我這樣是不是很可憐嗎？」

「內在比外表重要，善良的人才是美麗的。」瑪麗亞試圖要說服安妮。

「唉，以前別人也曾經這麼對我說過，但是我覺得那些只是安慰人的話。」

和順的晚風隨著羊齒香陣陣吹來，彷彿正在熱烈地歡迎她們回家。

綠屋廚房裡的燈火在昏暗中閃耀著，安妮突然靠近瑪麗亞，握著她那有些粗糙的手，說著：「瑪麗亞，我們快到家了，感覺真的好好喔！我已經深深地愛上了綠屋，這是我第一次真正有家的感覺，以前從來沒有過。瑪麗亞，我真的好幸福！現在我有一種想要感謝上帝的衝動。」

當安妮的小手接觸自己的手那一剎那，一陣暖意湧上瑪麗亞的心頭，母愛的感覺，讓一向古板的瑪麗亞也感覺既溫馨又甜蜜。爲了讓自己平靜下來，她趕緊告訴安妮：「乖小孩永遠都是幸福的。」

第3章

第一次上主日學

瑪麗亞自己對貝努先生的祈禱文和牧師佈道的內容也覺得很無趣，只是大家都不會把這種事情說出來，只有像安妮這樣天真無邪的小孩，才會坦白說出自己的想法吧！

安妮靜靜地看著床上三套新衣服。

「怎麼樣？妳喜歡嗎？」瑪麗亞問她。

第一件是用茶色的方格花布做成，那是一個布商硬向瑪麗亞推銷的。另一件是黑白格子的棉質衣服，另外一件是藍色手染花布。這些全是瑪麗亞親手縫製的，沒有蕾絲花邊、沒有打褶的裙襬，都是非常簡單樸素的樣式。

安妮猶豫了一會兒，回答說：「我想我會裝得很喜歡它們的。」

「裝得很喜歡？妳難道不喜歡嗎？爲什麼？每一件都是新的，而且款式既簡單又大方。」

「嗯，我知道。」

「那妳爲什麼不喜歡？」

安妮不情願地回答：「因爲……它們不好看。」

「不好看？」

瑪麗亞手叉著腰：「我可沒打算要幫妳做好看的衣服。我不喜歡小女孩只重視外表，養成愛慕虛榮的習慣。妳看這些衣服每件都很實用大方，茶色和藍色這兩件平常上學的時候穿，黑白格子這件可以等到上主日學和到教會做禮拜的時候穿。妳現在能有這些新衣服穿，應該要感恩才對，怎麼還挑東挑西的呢？衣服要好好收起來，小心地穿，知道嗎？」

「瑪麗亞，請您不要介意喔，我真的很感謝您為我做的這一切。只是我覺得，可能的話，我想要有一件現在最流行款式的燈籠袖洋裝。」

「我並不覺得有燈籠袖，衣服就變得比較好看。小女孩就是要穿得簡單樸素才對啊！好了，不要再說了，把衣服疊好收到衣櫃去，明天就去上主日學吧！」瑪麗亞生氣地走下樓去。

面對著那幾件衣服，安妮傷心又難過。

「我每天都向上帝禱告，我多麼想要一件白色燈籠袖的衣服。但是上帝根本就沒有時間理會一個我的願望，瑪麗亞才會照著她自己的意思幫我做衣服。不過，沒關係！我可以把其中一件衣服當成有白色燈籠袖和漂亮蕾絲花邊的。」

第二天早上，瑪麗亞頭痛，不能帶安妮上主日學。

她對安妮說：「妳去找琳達夫人，請她帶妳去教會。這裡是給教會的捐款。千萬要記住唷，對人要有禮貌喔！不能東張西望，不要心不在焉，要對上帝很虔誠、很尊敬，還有，妳回家以後要向我說今天佈道到底說了些什麼。」

安妮穿著黑白相間的格子衣服，瑪麗亞幫她把衣服燙得直挺挺的，使得原本就很瘦的安妮看起來更瘦小的，雖然頭上戴著嶄新的水手帽，但是對於一直夢想著戴著帽上有緞帶或花朵裝飾的安妮而言，還是很失望。她在路上突發奇想地摘了一些金鳳花和野薔薇，編了花環套在帽子上，看了又看，對於自己的天才真是滿意極了，於是腳步又輕盈起來。

到琳達夫人家時，琳達夫人已經先離開了，安妮只好一個人單獨走到教會。教會門口其他的小女孩都穿著粉嫩顏色的漂亮衣服，她們早就對安妮略有所聞，如今看到她帽子上的裝飾，不禁悄悄議論起來。

做完禮拜之後，安妮走進羅潔生女士的班級，羅潔生女士是四十開外的中年婦女，教主日學已經二十年歷史了。她問了安妮好幾道問題，幸好瑪麗亞曾經事先演練過，安妮對於這些問題還能回答得出來，不至於當眾出糗。

安妮一點也不喜歡羅潔生女士，加上沒有人願意坐在安妮身旁，安妮一個人坐在角落，看到周圍的女孩們都穿著燈籠袖的衣服，心情盪到谷底，在半路就把帽子上已經枯萎的花朵丟掉。

一踏進家門，瑪麗亞便迫不及待地問她：「今天過得怎麼樣啊？」

「我一點也不喜歡，真是無聊透了！」

「爲什麼會這麼說呢？」

安妮歎口氣，往椅子上一坐。

「我到琳達夫人家時，她已經出門了，我只好一個人到教會去，到教會之後，我聽妳的話，一直都乖乖坐好，可是聽貝努先生的祈禱文好冗長乏味喔！我覺得好無聊喔，只好一直看著窗外的風景，不斷想像別的事情。」

「我不是要妳專心聆聽嗎？」

「可是，我覺得貝努先生念祈禱文的時候，自己也心不在焉的，就像上帝在非常遙遠的地方，根本聽不見一樣。好不容易貝努先生才做完禮拜，我就被分配到羅潔生女士的班級。看到別人的袖子都是燈籠袖，我就一個勁想像自己的袖子也和她們的一樣。可是根本就沒有用，一點也想像不出來。」

「上主日學，應該認真才對，怎麼可以一直想著袖子呢？」

「我很認真啊！羅潔生女士問了我好多問題，我每一個都答對了。我也有好多問題想問她，可是她都不准我問，這樣真是不公平。後來，羅潔生女士指定我坐後面的位子，我們離得好遠好遠喔！」

「還有，那個佈道牧師講得好久喔！如果我是牧師的話，我還寧願選擇內容簡短又有意義的篇章當做主題；我看他說話有氣沒力的，我猜大概連他自己都覺得這樣很無聊吧！」

瑪麗亞很想教訓安妮沒有專心聽講，卻怎麼也說不出口，這是因為安妮的話並不是完全沒有道理。瑪麗亞自己對貝努先生的祈禱文和牧師佈道的內容也覺得很無趣，只是大家都不會把這種事情說出來，只有像安妮這樣天真無邪的小孩，才會坦白說出自己的想法吧！

第4章

爲友誼宣誓

黛安娜帶著安妮走到院子，站在花叢中，害羞地望著對方，最後還是安妮先鼓起勇氣，握緊雙手，小小地聲問：「黛安娜，我可以跟妳做好朋友嗎？」

過了幾天，琳達夫人告訴瑪麗亞，上主日學的那天安妮拿花裝飾在帽子上面的事情。

「安妮！琳達夫人跟我說，上次妳去教會的時候，把好好的帽子用薔薇和金鳳花插得亂七八糟的。妳爲什麼這樣調皮不聽話呢？」

「唉，我其實也知道我不適合黃色和粉紅色的花朵。」

「我不是在跟妳討論顏色適不適合，而是帽子好好的，妳幹嘛把它插滿了花呢？妳不覺得這樣子很奇怪嗎？妳啊！真是讓人不知道該怎麼辦才好。」

「不是有很多女孩會在衣服上別上假花嗎？那麼在衣服別上假花，跟帽子上別上真花有什麼不同？」

「不准妳再頂嘴！總之，以後不可以這樣隨便亂來了。琳達夫人說那天看到妳的那個樣子，她真的很尷尬，妳怎麼會把自己弄成那模樣？她想叫妳趕快把那些花拔掉，可是又不能離開座位，心裡擔心著別人會怎麼在我背後說閒話，批評我什麼也不懂，才會把妳打扮成那個樣子的。」

「我這樣，真的有錯嗎？」安妮的眼淚在眼眶裡打轉，心裡萬分委屈地說：

「那麼美麗的鮮花，我真的很喜歡，而且不是也有許多女孩把假花別在衣服上面嗎?所以，我覺得別在帽子上也一定很好看，真沒想到老是給您惹麻煩，看來我還是回孤兒院算了。」

「傻孩子，妳怎麼盡說一些傻話呢?」瑪麗亞有點後悔，自己好像把話說得太重了。「我不會讓妳回到孤兒院的，妳只要規規矩矩的，不准老是有些奇奇怪怪的想法，做出奇奇怪怪的事，和其他小孩一樣就可以了。」

瑪麗亞接著說道：「好啦，趕快擦乾眼淚，我跟妳說一個好消息。還記不記得上次我跟妳說巴里家有個和妳年紀差不多的女孩——黛安娜?我現在要去巴里家借圍裙的紙樣，妳要不要跟我一起去?也許可以和黛安娜交朋友。」

安妮聽到這消息，馬上破涕爲笑，高興得兩頰都泛紅了，她想要有個好朋友想得快瘋了。

「瑪麗亞，我好緊張，現在的我面臨到一生中最大的考驗，我想，萬一黛安娜不喜歡我，那會是我這一輩子最殘忍的事。」

「妳這個孩子，老是用這麼古怪的語法，讓人聽起來覺得妳太早熟了。妳不用那麼緊張，而且不要老是把事情講得那麼誇張，現在的問題不一定在黛安娜，而是黛安娜的母親。即使黛安娜想跟妳做朋友，要是巴里夫人不喜歡妳也沒辦法，所以，到他們家之後，要有禮貌、不要說太多話，也不要用莫名其妙的字眼……啊！妳怎麼啦，怎麼在發抖呢？」

安妮臉色蒼白，全身顫抖。「噢！瑪麗亞，如果換成妳，我想妳應該也會這樣吧。想到馬上要和可愛的黛安娜見面，我們以後有可能會變成一生的知己，現在卻可能因爲她的母親反對，而沒辦法認識，上帝啊，我現在好緊張喔！」安妮一面戴上帽子，一面嘰哩呱啦說個沒停。

兩人走過屋後的捷徑到巴里家，出來開門的正是巴里夫人。她有著烏黑的眼睛和頭髮，身材修長，看起來有些嚴肅。

「歡迎光臨，趕快進來吧，瑪麗亞。這就是妳和馬修領養的那個女孩嗎？」

「是啊，她叫安・雪莉。」

夫人向安妮伸出手，親切問候道：「妳好嗎？」

「我很好，只是有點緊張！」安妮儘量壓抑心裡的不安，輕輕握了一下夫人的手，輕聲細語地回答著。等巴里夫人一回身，她偷偷問瑪麗亞：「我這樣會不會太假了呢？」

黛安娜坐在沙發上看書，當母親領著瑪麗亞和安妮走進屋裡之後，才把書本放下。她繼承了母親的黑眼珠和黑頭髮，有著玫瑰色的臉頰，是個甜美的小女孩。

「這就是我們家的黛安娜。」巴里夫人一面介紹，一面對女兒說：「黛安娜，妳帶安妮去院子裡玩，妳應該常常去外面走走，呼吸一些新鮮空氣，這樣比較健康，不要總是窩在屋裡看書。」

黛安娜有些害羞地帶著安妮走到院子，燦爛的陽光從高大的老樅樹枝枒間灑落庭院，園子被柳樹和樅樹圍了起來，一眼望去，滿是粉紅、粉白、淡紫等等數不清爭妍鬥艷的美麗花朵。

她們站在花叢中，害羞地望著對方，一開始也不知道該怎麼開口。最後，還是安妮先鼓起勇氣，握緊雙手，小小地聲問：「黛安娜，我可以跟妳做好朋友嗎？」

黛安娜綻放出薔薇的笑容，總是先微笑才說話。「當然願意啊！以前附近都沒有可以和我玩的同伴，我妹妹年紀又太小了，所以我總是一個人玩，現在有妳可以作伴，我真的很高興。」

「我們可不可以發誓永遠都當好朋友呢？」

「嗯，要怎麼發誓呢？」黛安娜用疑惑的眼神看著安妮。

安妮慎重地說：「妳看唷，我們要這樣先手握著手，本來按規矩，儀式應該在有河流的地方進行，但是現在我們可以想像這條小徑就是一條小河。然後我先發誓：『以太陽和月亮為證，我，安．雪莉今天在這裡發誓，這輩子要對我的好友黛安娜．巴里永遠忠誠，永不貳心。』現在換妳了。」

黛安娜笑了笑，慢慢地說出誓言。說完之後，她注視安妮一會兒，說：「安妮，我早就聽說妳與眾不同，今天認識妳，真的覺得妳很不一樣，我想我一定會越來越喜歡妳的。」

離開之前，黛安娜陪著安妮和瑪麗亞走到圓木橋畔，兩個小女孩約好明天下午的見面時間，才依依不捨地分開。

走在回家的路上，瑪麗亞故意調侃安妮：「怎麼樣啊？妳剛才和黛安娜相處得如何啊？」

安妮完全沒注意到瑪麗亞說話的語氣，用力點了點頭，鬆了一口氣說：「我現在是全愛德華王子島上最幸福的人了，今天晚上，我一定要誠心地禱告，感謝上帝的幫忙。」

「對了，瑪麗亞，明天下午我們要去森林玩扮家家酒，柴房裡那些破陶器能不能借我們用？妳知道嗎？黛安娜對我好好唷，她說要借我書喔！這種感覺真棒，一想到這兒，我高興得心好像要跳出來一樣！她還要教我唱歌，送我海報貼在我的房間裡，要是我也有東西送她就好了。啊！我們還說改天要去海邊撿貝殼，還替圓木橋旁的泉水取名叫『榛木之泉』，這名字聽起來就很美吧！」

「好了，安妮，少說些話，免得吵到連黛安娜都受不了。除此之外，妳出去玩之前要記得把自己的工作做完喔。」

安妮現在完全沉浸在幸福裡，而馬修則讓安妮的幸福更加美好。

馬修跑到卡蒙迪的店裡補充存糧，回來後從口袋裡拿出一包東西，「安妮，妳說妳喜歡吃巧克力，我就順便幫妳帶了一點回來。」

瑪麗亞臉色沉了下來，似乎有點不高興的樣子。

「小孩不是讓你這樣寵的，你難道不知道糖果對小孩的牙齒和腸胃都不好？唉！算了，算了，你們兩個不要給我裝可憐，我也不是真的那麼不通情理。安妮，既然馬修知道妳愛吃，又特別幫妳買回來，妳就拿去吃了吧！可是，不能愛吃就一次吃光，不然晚點胃會不舒服喔。」

安妮則興奮地說：「我不會一次全吃光的，今天只要吃一顆我就很滿足了。瑪麗亞，我可不可以送黛安娜一半？我好高興喔，這樣明天我也可以送她禮物了。」

安妮回房後，瑪麗亞對馬修說：「這孩子真貼心，一點也不吝嗇跟別人分享。雖然她才來我們家三個星期，我總覺得跟她好像生活很久很久了。馬修，我現在很難想像，如果這個家沒有安妮，到底會變得怎麼樣？」

第 5 章

期盼中的郊遊

連著幾天，安妮滿腦子想著郊遊的事，睡著之後還夢到郊遊的歡樂情境！安妮很擔心雨會下到下星期三，沒事的時候，總是在屋裡走來走去的，看起來似乎有些不安。

酷熱的夏天，讓人昏昏沉沉，直想打盹。

瑪麗亞看了一下壁鐘，一邊向屋外遠眺，一邊念著：「明明只答應她可以和黛安娜多玩三十分鐘，玩到不知道時間就算了，回來之後又跑到柴房裡，像個跟屁蟲一樣黏著馬修說個不停……」

瑪麗亞等了好一會，拍拍窗戶高聲喊：「安妮，妳還不趕快回來！」

安妮此時才急急忙忙從後院跑回屋裡，跑得上氣不接下氣，眼睛裡還散發著喜悅的光芒。

「真的是太棒了！主日學下禮拜三要去『閃亮的湖水』辦活動，還要到哈蒙·安德列家草原上去郊遊，貝努太太和琳達伯母說要做霜淇淋給我們吃。瑪麗亞，我可不可以去？」

瑪麗亞板著臉說：「安妮，妳看看現在都什麼時候了，妳記不記得跟我約好要幾點回來的？」

「兩點。可是，能夠去郊遊真的好棒唷！瑪麗亞，求求妳答應讓我去嘛！我從來沒去郊遊過。」

「我叫妳兩點回來，現在都已經快四點了，妳怎麼那麼不聽話呢？」

「我知道啊！我有記得要準時回來的，可是，妳知道嗎？和黛安娜玩捉迷藏真的很好玩唷！而且，我還要去告訴馬修伯伯這件事啊！每次，他都會很認真地聽我說完……」

「妳現在給我仔細聽好，我規定什麼時候要回來，妳就得乖乖回來。至於郊遊那件事，妳既然那麼想去，那就去吧！」

「可是……人家黛安娜會帶籃子，還會帶好多好吃的點心。瑪麗亞，拜託拜託，不穿燈籠袖的衣服去郊遊也無所謂，可是如果沒有帶籃子，我會覺得很不好意思。唉，真是讓我覺得好困擾喔！」

「小孩子有什麼好困擾的？我幫妳準備不就好了？」

「真的？哇！謝謝瑪麗亞，謝謝！我真的太謝謝妳了！」

安妮忍不住高興得緊緊抱住瑪麗亞，還突然跳起來親了她的臉頰。對於安妮太過唐突的動作，瑪麗亞覺得不自在，冷淡地說：「好了，好了，不要這樣肉麻，等一下就要喝下午茶了，妳趕快幫忙把衣服補好。」

「我不喜歡縫衣服，這些縫縫補補的工作，實在是太呆板了，一點想像力也沒有。我真希望現在還能跟黛安娜繼續在外頭玩呢！」

安妮說著說著，又回到剛剛和黛安娜玩耍的話題上。

「瑪麗亞，我們扮家家酒的時候，在小河那邊的空地上搭了一間小屋，我們叫它為『世外桃源』，聽起來就很羅曼蒂克吧？黛安娜抱來一塊大石頭當椅子，又在兩棵白樺樹之間架起木板，我們就在木板上面擺設一些破瓦罐、破陶器。而且馬修還說要替我們做一張桌子呢！太讓我們高興了。」

「我們和巴里先生家中間不是有一個小池塘嗎？我和黛安娜決定把它叫做『多柳湖』，我們是在她借我的書上面發現這個名字的唷！」

「這次郊遊，黛安娜已經決定要穿她新買的短袖上衣去。啊！我好希望上帝可以保佑下星期三是個好天氣，這樣我們就可以在『閃亮的湖水』上划著船，吃霜淇淋。我從來沒有吃過霜淇淋，不知道吃起來會是什麼味道？黛安娜雖然一直跟我形容，但是我還是沒有辦法想像。天啊，萬一臨時發生什麼情況而改變計劃的話，我真不知道會失望成什麼樣子。」

安妮聒噪個不停，瑪麗亞受不了了。「安妮！妳可不可以試試看暫時不要講話，讓我耳根清靜一下？」

聽了這話，安妮馬上閉起嘴巴，但是腦海裡仍然不斷想像著會發生什麼事。

連著幾天，安妮滿腦子想著郊遊的事，睡著之後還夢到郊遊的歡樂情境！但是天公不作美，到了星期六竟然開始下雨。

安妮很擔心雨會下到下星期三，沒事的時候，總是在屋裡走來走去的，看起來似乎有些不安。

禮拜天早上，瑪麗亞一如往常準備出發前往教會禮拜。到教堂禮拜，她總會別上她最愛的紫水晶胸針。

這枚胸針，是瑪麗亞當船員的舅舅有次出海回家時送給母親的禮物，母親再把它傳給瑪麗亞，特別有紀念價值。

安妮第一次看到紫水晶胸針時，眼睛發亮地看著它大叫著：「天啊，這胸針真的好美唷！能不能借我看看？妳說這紫水晶像不像是紫丁香的靈魂呢？」

星期一的傍晚，瑪麗亞魂不守舍地走出房門，來到廚房：「安妮啊，妳有沒有看到我的紫水晶胸針呢？我怎麼找也找不到，昨天下午我從教會回來之後，明明把它別在針插上啊！」

安妮一邊開心地哼著黛安娜教她的新歌，一邊慢條斯理地剝著豆莢，漫不經心回答瑪麗亞的問話：「對啊，今天早上妳出門之後，我從妳的房間門口經過，還看見它別在針插上啊！」

瑪麗亞接著問道：「然後呢？妳有去動它嗎？」

「有啊，我本來拿在手上，後來實在是因爲它太漂亮了，所以我就把它別在胸前，想看看別起來會是什麼樣子，然後想著妳戴它的時候會有什麼感覺。」

「後來呢？妳把它放到哪兒去了？」

「不就在衣櫃上面嗎？我只有別不到一分鐘喔，我覺得應該沒什麼關係吧！妳生氣了嗎？我知道沒有經過妳的同意，不應該自己進去妳的房間，妳覺得這樣不好的話，我發誓以後絕對不敢了。」

「可是我找遍整個房間都沒看到胸針啊！」

瑪麗亞再回到房間，把可能找到胸針的地方都找遍了，還是沒看到，於是又走回到廚房。

「安妮，還是沒有。妳到底把胸針拿到哪兒去了？是不是搞丟了？」

「我真的有放回去！雖然我忘了別在針插上，但是我真的有放在盒子裡。」

瑪麗亞生氣地說：「妳不要再說謊了。胸針都弄丟了，妳跟我怎麼解釋也沒

用，我不想再聽妳的狡辯，馬上給我回房間去，還沒有找到胸針之前，妳不准踏出房門一步。」

瑪麗亞急著找紫水晶胸針，心情亂得不得了，到了晚上，她又翻開所有東西，找了好幾遍，胸針仍然不見蹤影。

臨睡前，瑪麗亞又走到安妮的房間再問一次，可是安妮還是堅持自己沒有偷胸針。瑪麗亞更生氣了，想著：「這孩子太倔強了，明明做錯事，怎麼還死要面子不認錯呢？」

紫水晶胸針惹的禍

在陽光照耀下，有個東西閃閃發亮。瑪麗亞嚇了一跳，不敢相信自己的眼睛，以為自己看花了，「哎呀！究竟發生了什麼事？難道胸針沒有掉到池塘去，安妮說的全都不是實話嗎？

第二天早上，瑪麗亞把這件事告訴馬修。馬修沉默了一會兒，說：「會不會只是掉到衣櫃後面，妳沒找到而已？」

「我把每個抽屜拿出來，整個衣櫃挪開來，甚至是房間的每一個角落全都找過，但就是怎樣也找不到。如果不是安妮把它弄丟了，怎麼會不見呢？」

「那妳打算怎麼辦？」

「安妮犯了這樣的錯卻不承認，她一天不承認，我就一天不准她踏出房門一步，想不到這孩子這麼乖，竟然也會撒謊，真是讓人覺得心寒啊！」

「如果她真的犯了錯，你要處罰她，我答應絕對不插手。但是，現在事情還沒有查清楚，妳也還不確定胸針真的是安妮弄丟的，不是嗎？」

瑪麗亞又回房找了幾次，還是找不到，想到到馬修說的話，覺得馬修怎麼袒護安妮袒護得這麼過分呢，更生氣了。雖然她看到安妮在房間裡哭腫了眼睛，也覺得有些心疼，但是她還是板起臉來對安妮說：「安妮，妳如果不說實話，我只好讓妳一直待在房裡囉！」

「瑪麗亞，求求妳明天讓我去郊遊，好不好？我只去一個下午就好，回來之後我會乖乖地待在房裡，哪裡也不去。瑪麗亞，求求妳，讓我去吧！」

「在妳沒說實話以前不准去。」

「噢！瑪麗亞。」安妮苦苦哀求，但瑪麗亞仍然硬著心腸離開。

第二天，陽光普照，正是個出外郊遊的大好日子。瑪麗亞送早餐來時，安妮臉色慘白、咬著下唇，愣愣地坐在床上，深呼吸一口氣說：「瑪麗亞，我準備好了，我要跟妳說那天的事情。」

「妳說吧！我在聽。」瑪麗亞把餐盤放下，心裡想著：「果然吧！這孩子果然在說謊，馬修還不相信我說的。」

安妮則像背書一樣，閉著眼睛，口氣單調地說：「我本來無意要拿紫水晶胸針的，但是看見它別在胸口上真的很漂亮，我想到之前和黛安娜玩家家酒的時候，曾經拿薔薇當作髮飾，可是戴上胸針就好像公主一樣，一定會更美了，所以我才把胸針拿走。」

「本來我想，在妳回來以前悄悄還回去，應該沒有關係，所以想戴著它去給黛安娜看。但是當我經過『閃亮的湖水』那座橋的時候，忽然想把它拿下來再多看一眼。經過陽光的反射，紫水晶閃閃發光，真是美極了。沒想到，我手一滑，沒有把胸針拿好，它就掉到湖裡去了。」

瑪麗亞聽完，真是快氣瘋了：「安妮，妳怎麼能夠做出這種事情呢？我從來沒看過像妳這麼不受教的壞小孩。」

瑪麗亞氣得全身發抖，但是還是儘量深呼吸保持平靜。

安妮繼續說著：「我知道自己錯了，做錯事就應該勇敢承擔後果，所以妳要怎麼懲罰我都可以，我都不會多說些什麼，可是能不能拜託妳讓我參加郊遊？」

「妳到現在還想著去郊遊？不准去了，我覺得這就是我給妳最適當的處罰。」

安妮一聽，立刻從床上跳下來，拼命拉住瑪麗亞的手，哀求說：「妳怎麼可以說話不算話？噢！瑪麗亞，妳不是說，只要我講實話，妳就會讓我去的嗎？妳怎麼可以這麼殘忍，只要妳讓我去郊遊，隨便妳怎麼處罰我都無所謂，但是求求妳一定要讓我去。」

瑪麗亞冷淡地甩開安妮的手。「好了，不用再說了，我已經決定了，說什麼都沒有用，我就是不准妳去。」

看到瑪麗亞的心意已定，安妮往床上一倒，嚎啕大哭了起來。

今天早上家裡的氣氛真是沉重，瑪麗亞心情也沒比安妮好到哪裡去，做起事來總是忘東忘西。

中午時分，她站在樓梯口對著二樓喊著：「安妮啊，下來吃飯囉！」一會兒，樓梯口出現哭成淚人兒的安妮。

「我實在太難過了，根本吃不下。但是，我沒有怪妳的意思，真的，不管發生什麼事，我都不會怪妳的。」

瑪麗亞更生氣了，回到廚房向馬修抱怨著安妮這孩子怎麼不懂得自我反省。

馬修只是平靜地回答：「我看算了吧，她好不容易有機會可以去郊遊，也難怪她這麼想去。她年紀還小，以前也沒人好好跟她教她，妳不要對她太嚴格，就原諒她這一次吧！」

「誰說沒人教她？我現在就要好好地教她！」聽瑪麗亞的語氣，絲毫沒有原諒安妮的意思。

瑪麗亞洗完碗、發好麵團，把家裡例行的工作做完之後，突然想起星期一早上出門的時候，那條黑色蕾絲披肩有個地方不小心勾壞了，於是打開抽屜。正準備拿出披肩縫補的時候，她發現在陽光照耀下，有個東西閃閃發亮。

「咦！」瑪麗亞嚇了一跳，不敢相信自己的眼睛，以爲自己看花了，把披肩拿近仔細瞧瞧，才發現正是紫水晶胸針勾在披肩上面。

「哎呀！究竟發生了什麼事？難道胸針沒有掉到池塘去，安妮說的全都不是實話嗎？啊，我想起來了，會不會是星期一早上回來的時候，我隨手把披肩放在衣櫃上的時候鉤住的呢？」

瑪麗亞拿著胸針，走進安妮的房間。只見安妮低著頭悶悶不樂地坐在床上，臉上還帶著沒乾的淚痕。

「安妮，我已經找到胸針了，我想應該是我不小心勾在披肩上了。可是，我不懂，妳今天早上爲什麼說自己拿了胸針呢？」

「因爲妳告訴我，如果我不說實話，就要不能出房門一步，但是我真的好想去郊遊喔，只好這樣跟妳說，看妳願不願意放我出門去郊遊。其實，從昨天晚上開始，我一直拼命想編個比較有趣的故事當作藉口，結果妳還是不讓我去，我原來的計劃統統泡湯了。」

瑪麗亞忍不住笑了出來，同時也覺得自己真的冤枉了安妮。

「安妮，我要跟妳說對不起，這次是我不對，我應該相信妳的。但是，妳也不

能因爲想去郊遊就隨便認錯啊！我想，如果妳能原諒我錯怪了妳，我也會原諒妳胡亂編故事，好不好？走吧！我們得趕快準備要去郊遊的東西。」

安妮立刻跳了起來。「噢！瑪麗亞，這一切是真的嗎？還來得及趕上嗎？」

「放心好了，現在大家正在集合，大概再過一個鐘頭之後，下午茶才會開始，妳趕快去洗臉、梳頭，那件方格花布的洋裝應該還蠻適合的，我現在幫妳準備點心，再請馬修送妳過去，一定可以趕得上的。」

「瑪麗亞，妳真是太好了，我真不知道該怎麼謝謝妳才好！」

安妮一邊衝向浴室，一邊大聲地喊著：「剛剛我還覺得自己怎麼會這麼悲慘，上帝爲什麼要讓我出生到這個不幸的世界上來，可是我現在覺得自己好幸福，快樂得像個天使一樣。」

那天傍晚回家時，安妮玩到累壞了，整個人沉醉在無法形容的滿足之中。

「啊！今天真的是太棒了，每件事都那麼新鮮有趣，不但有美味的茶喝，而且還是我第一次吃霜淇淋，天啊，上帝怎麼會創造這麼美味的東西呢？瑪麗亞，我真的好幸福唷！」

那天晚上，瑪麗亞一邊縫補著襪子的破洞，一邊告訴馬修：「我只要想到安妮今天跟我說的那些話，我就覺得好笑。今天我真的得到了教訓，我雖然搞不懂這孩子到底在想些什麼，但她真的是一個善良的好孩子，只要她待在我們家一天，我就一點也不會孤單了。」

馬修聽了，也微笑著點點頭，他知道安妮已經真正成爲這個家的一份子。

所有的喜怒哀樂

安妮一整天興奮得坐立不安，

下課之後就直接到黛安娜家裡，

對安妮來說，整個晚上就像是一場美夢，

每一個節目都讓她感覺十分的新鮮。

第 1 章

哈！好個紅蘿蔔

石板應聲而斷成兩半，頓時大家都傻了眼。安妮氣得說不出一句話，她怎麼能夠在全班面前說出「紅蘿蔔」這三個字呢？只能握著拳頭，漲紅了臉，瞪著吉爾巴特。

「今天又是美好的一天啊！我們真的好幸福，就連上學途中，也能夠欣賞這樣詩情畫意的風景！」安妮做了個深呼吸，陶醉在這一刻無法自拔。

一向實際的黛安娜則說：「如果走大馬路的話，灰塵又多，天氣熱，又沒有遮蔭，當然還是走小路舒服囉！」

她們上學走的這條蜿蜒小徑，可以經過「情人道」、「紫丁香谷」和「白樺大道」，沿路風景秀麗，大馬路雖然比較近，相較起來顯得比較單調了。

從綠屋旁邊的蘋果園穿過森林，有一條路可以通往卡斯巴達家農場的那段路，安妮來這裡還不到一個月，就替這段路取名叫「情人道」。早上，她和黛安娜總是相約在這裡見面後，一起沿著楓林小徑去學校。

走過小橋，小徑分岔成兩條路，過了草坪，對面就是「三色堇山谷」了。

「雖然現在並不是三色堇綻放的季節，可是等只要春天一到，滿山遍野就會開滿這些讓人眼花撩亂的花朵！所以我決定要替它取名爲『三色堇山谷』。」

黛安娜說：「真拿妳沒辦法，我從沒見過像妳這樣喜歡幫風景取名字的人。」

這條小徑蜿蜒細長，好像看不到盡頭一樣。越過山丘之後，就是貝努先生家的森林。越過森林，金色的陽光篩透層層茂密的葉子，細細碎碎地灑在佈滿落葉的路上。沿路陪伴她們的除了羊齒植物、含笑花和鈴蘭，偶爾還有野兔出現在路旁和她們玩捉迷藏。

阿龐利學校是一棟古色古香的建築物，有著白色的牆壁、大大的窗戶和低矮的屋簷。學校後面有針樅林和小溪流過，有些聰明的學生，早上來學校時先把裝有牛奶的籃子浸在溪水裡，到了中午的時候，就可以喝冰涼的牛奶了。

開學那一天，瑪麗亞送安妮出門之後，心裡就一直擔心著安妮能不能交到朋友，能不能和同學們和睦相處，上課的時候會不會專心聽講……

瑪麗亞想太多了，安妮頗能適應學校的生活。放學後，安妮一回到家裡就興高采烈地對瑪麗亞說：「我喜歡這個學校，有很多有趣的同學，上課也可以學到很多東西。」

一連三個星期，安妮的學校生活都很順利。

有一天上學途中，黛安娜跟安妮說著悄悄話：「我跟妳說，今天吉爾巴特·布萊斯就要回我們學校上課了。之前他住在他伯父家，上個禮拜六晚上才回來。他的功課很好喔，就是愛欺負女孩子。」

「誰是吉爾巴特？嗯！好像在校門口牆上有人把他和茱麗亞・貝努的名字排在一起？上面還寫著『注意』之類的字眼。」

「對對對！就是那個男生。可是，我並不覺得吉爾巴特喜歡茱麗亞，妳知道有些人就是喜歡開這種玩笑。」

「啊！還有喔，吉爾巴特以前的成績都是名列前茅唷！可是四年前，因爲他父親生病了，病情愈來愈嚴重，所以不得不陪父親到亞魯巴達靜養，這一去就是三年。這段期間他都沒上學，所以雖然是我們班上的同學，但是年紀比我們大很多，以後妳要拿第一名就沒辦法像現在這麼輕鬆了。」

兩人走進教室時，已經開始上課了。趁菲力浦老師在教室後教普麗絲關於拉丁文動詞變化時，黛安娜轉過頭來小小聲地對安妮說：「妳看，坐在走道旁邊和妳同一排的那一個就是吉爾巴特。」

安妮抬頭看了一眼，剛好看到吉爾巴特在惡作劇。他正悄悄地用長尾夾把前座露比的長辮子夾在椅背上。

吉爾巴特的個子高高的，有著捲曲的褐色頭髮和深藍色眼睛，嘴角總是帶著詭異的笑意，似乎總在策劃著什麼陰謀一樣。

過了一會兒，老師叫露比到前面黑板回答問題，露比一站起來，便「哇」的慘叫一聲，隨即又跌回在椅子上。

大家驚訝地看著她，搞不懂到底發生了什麼事？這時候，吉爾巴特早就偷偷地把長尾夾藏起來，若無其事地盯著課本。

等到教室恢復平靜之後，吉爾巴特轉頭用著奇怪的笑容看著安妮。

到了下午，發生一件轟動全班的大事。

當菲力浦老師向普麗絲講解代數問題時，其他的人開始自習。吉爾巴特想盡各種方法想引起安妮的注意，可是卻一點辦法也沒有，因爲這時候安妮望著窗外，早不知道神遊到那兒去了。

平常吉爾巴特不論做什麼，總是能夠引起女孩子的注意，當他發現安妮對自己竟然毫不在意，決定非得要安妮看他一眼不可。於是，他抓住安妮紅色的長辮子，小聲地叫著：「紅蘿蔔唷！紅蘿蔔唷！」

安妮回過神來，從椅子上突然站起來，瞪圓了眼睛，眼淚都快奪眶而出，大聲罵著：「你怎麼這麼討人厭，老是要這樣惡作劇、欺負同學啊？」

她順手拿起桌上的石板往吉爾巴特的頭上砸了下去。

「砰！」石板應聲而斷成兩半，頓時大家都傻了眼，教室陷入一片混亂。菲力浦老師大步走了過來，抓著安妮的手：「大家安靜，安．雪利，妳到底在幹什麼？這到底是怎麼回事？」

安妮氣得說不出一句話，她怎麼能夠在全班面前說出「紅蘿蔔」這三個字呢？只能握著拳頭，漲紅了臉，瞪著吉爾巴特。

這時候，吉爾巴特站了出來，斯文有禮地說：「老師，真是對不起，會造成現在這樣的情況，都是因爲我先欺負她，所以她才會拿石板砸我的。這都是我惹的禍，請你不要怪她。」

吉爾巴特總是拿前三名的好學生，菲力浦老師怎麼可能相信這樣的好學生會欺負同學？在問不出個結果的情況下，菲力浦老師決定處罰安妮。

「安妮，妳走到講台上，我要妳在黑板前面罰站，好好想想自己做錯了什麼事？」更讓安妮生氣的是，菲力浦老師還在黑板上寫著：「安．雪利是個壞脾氣的小孩，要學會修養自己的脾氣。」

整個下午，安妮雙眼憤怒得好像要噴出火來一樣，狠狠地盯著前方，沒有流淚，也沒有低頭。

放學時，她氣嘟嘟地走出教室，卻被吉爾巴特搶先一步擋在教室門口。吉爾巴特握住她的手說：「安．雪利，今天真的對不起，害妳罰站一下午，我真的不是故意的，可不可以拜託妳原諒我？」

安妮正在氣頭上，什麼也聽不下去，也沒有等黛安娜，就頭也不回地回家了。

第二天，學校又發生了一件事。

中午，菲力浦老師回家吃午飯之前，跟大家說：「我希望我回來班上的時候，可以看到你們乖乖地坐在位子上，到時候，如果有人還沒回來的話，就不要怪我處罰喔。」

這天中午休息的時候，大家如往常一樣去森林裡玩捉迷藏，玩到正興起的時候，吉米在樹上遠遠看見老師往這邊走來，才發現原來午休時間已經過了，連忙往樹下大叫：「快點回去，老師來了！」

女孩們聽見，趕緊拼了命一樣往教室跑去。爬上樹的男孩們雖然身手敏捷，卻還是比女孩子慢了一步。

當時，安妮一個人在樹林深處徘徊，一邊摘著花，一邊開心地唱歌，發覺情況不對跑回來的時候，剛剛好趕上最後一批男孩，和他們一起低著頭走進教室。

菲力浦老師看見安妮，諷刺地說：「安．雪利，我看妳好像很喜歡和男孩們一起玩，既然這樣，我就讓妳跟吉爾巴特坐在一起好了。」

一時間，安妮似乎被閃電給擊中，整個人傻住，定在原地，用可憐的眼神看著老師，希望老師能收回他所說的話。黛安娜雖然很爲安妮抱不平，但是也不敢起身幫她辯解。

「安．雪利，妳到底有沒有聽到我說的話？請妳現在立刻到該去的位子上！」老師的聲音冷酷而又堅定，安妮知道毫無轉圜的餘地了，只好無奈地移到吉爾巴特旁邊的座位，低著頭，沉默不語。

下課之後，安妮回到自己原先的座位，把抽屜裡的課本、筆記和文具一樣一樣地拿出來，疊在破裂的石板上準備回家。

回家的路上，黛安娜很擔心地問安妮：「妳爲什麼要把放在學校的東西全帶回家呢？」

「我已經下定決心，從明天開始就不去學校了。」

「瑪麗亞會答應嗎？」黛安娜盯著安妮，擔心地問著。

「我會千方百計讓瑪麗亞同意，我不要再去那個鬼學校了。」

「那我該怎麼辦才好？萬一妳不去學校，老師一定會把佳蒂・派德調來跟我坐在一起，天啊，我好討厭她唷！而且，沒有妳，來學校還有什麼樂趣呢？安妮，求求妳，一定要去學校，就當作是爲了我，好不好？」話還沒說完，黛安娜已經傷心地哭了出來。

「爲了妳，我什麼都願意去做，唯獨這件事我辦不到，請妳不要再哭了，好不好？」安妮已經把心一橫，沒有人可以動搖她的決定了。

一回到家，安妮便跑去找瑪麗亞告訴她這件事。

瑪麗亞聽了，驚訝地說：「妳這個傻孩子，就算妳不想去學校，也得先和我們商量一下啊。」

「這種事情，還需要再商量嗎？我在學校裡受到這種污辱，叫我怎麼忍得下這口氣呢？」

「這算什麼污辱？妳明天一定得去學校才行。」

安妮搖搖頭：「我說不去就是不去，我以後再也不去學校了！妳要我讀書，我在家裡也可以讀啊！我一定會乖乖的，不會替妳惹麻煩的。」

瑪麗亞知道，以安妮頑固的個性，一時之間沒有辦法說服她，只好先停止這個話題。

晚上，瑪麗亞跑去找琳達夫人詢問她的意見：「我真是拿她沒轍，我好說歹說，她就是不肯去學校。」

琳達夫人看來早就聽到了消息，不慌不忙地說：「妳也別急，我覺得她的反應很正常啊，她既然堅持這樣，妳就隨她去好了。因爲我不認爲菲力浦老師這樣的處理方式很恰當。昨天安妮胡亂拿石板砸人這件事，應該罰她沒錯，可是今天，如果要處罰的話，就應該一視同仁，連其他遲到的小朋友，也應該一起受罰，爲什麼只處罰她呢？而且還當眾嘲笑她，要她去坐在男生的位子旁邊。我不太贊成這樣的教導方式。」

「嗯，妳覺得讓安妮暫時不去學校，可以嗎？」瑪麗亞覺得這似乎一點也不像琳達夫人會說的話。

「這樣是不太好，但是我看啊！妳也不要再逼她去學校了，以她的個性，沒過幾天，她自己就會想去上學了。不過，這個菲力浦老師也真糟糕，我聽說他根本不太用心在這些低年級的學生身上，他現在只管那些準備皇后學院入學考試的高年級學生。」

瑪麗亞聽了琳達夫人的建議，不再和安妮討論學校的事。安妮除了在家自修之外，就是等黛安娜下課之後，和她去外頭玩耍，日子過得很平靜。有時走在路上或到教會做禮拜，遇到吉爾巴特，她總是會驕傲地把下巴抬得高高地走過去。

雖然吉爾巴特總是看著她，眼神中充滿了溫柔的歉意，她卻視若無睹。黛安娜看到這樣的情況，很想幫吉爾巴特說些好話，安妮卻根本不聽，好像跟吉爾巴特結下天大的仇一樣。

第 2 章

喝草莓汁醉了

「喝草莓汁，頭怎麼會暈，又怎麼會喝醉？這怎麼可能？」瑪麗亞到客廳櫃子查看，安妮說的哪裡是什麼草莓汁，根本就是三年前家裡釀的葡萄酒。

十月，滿山遍野的楓紅，把綠屋妝點得美麗極了。

一個星期六的早晨，安妮從屋外興奮地抱著一大把的紅色楓葉，蹦蹦跳跳地跑進屋裡。

「瑪麗亞，妳快過來看看！這些楓樹枝好美唷！我想可以拿來佈置我們的屋子！我可以把它們插在藍色花瓶裡，放在桌上欣賞嗎？」

「現在看起來是還不錯，可是葉子枯了之後就會散得滿地都是，打掃起來就很麻煩了。對了！跟妳說一聲，今天下午，我要到卡蒙迪參加婦女會，大概會很晚回家。妳要幫我準備馬修和喬利的晚餐，還有，不要忘了泡茶唷！」

喬利．普德是馬修僱來幫忙的男孩。

「上次我一直想著要幫三色堇山谷改個好名字，想得太入神了，所以才會不小心忘了泡茶，我知道是我不對。不過，馬修伯伯人很好，沒有怪我。」

「馬修就是這樣，不過，妳今天晚上不能再忘了唷。妳也可以邀請黛安娜來家裡來喝下午茶啊！」

「真的嗎？」安妮高興得跳了起來。

「我真的好高興喔，我一直盼望著請黛安娜來家裡，我們可以像大人一樣喝下午茶，一定很好玩。瑪麗亞，我能夠用那組有玫瑰花圖案的茶壺跟茶杯嗎？」

「妳可不要得寸進尺！那組茶具只有我們婦女會成員聚會或牧師先生來訪的時候才能用。妳可以拿咖啡色的那組茶具，還有，廚房裡的櫻桃、水果蛋糕和夾心餅乾都可以拿來配茶。上次我幫茶會準備的草莓汁還有半瓶，應該在客廳櫃子第二層，妳自己拿下來跟黛安娜一起喝吧！」

安妮大聲歡呼，馬上穿過果園，跑到巴里家告訴黛安娜這個好消息。

不久，瑪麗亞坐著馬車出門了。黛安娜則接受了安妮的下午茶邀請，撐著美麗的洋傘，穿著漂亮的衣服赴約。

平常黛安娜過來找安妮出去玩或溫習功課的時候，總是直接從廚房跑進來，但是這次是應邀作客，所以學著大人的模樣，特別繞到前面敲門。

安妮也穿著正式衣裳，客套地前往開門，兩人還有模有樣、拉著裙襬，屈著膝寒暄問好，彷彿頭一次見面似的。

安妮領著黛安娜進屋裡，兩人都挺著腰，輕輕地點頭微笑，安妮禮貌地問候：

「令堂近來過得好嗎？」

事實上，安妮早上才見過巴里夫人，知道她一切好得不得了。

「嗯！是的，托您的福，她很好，謝謝您的關照。不知道卡斯巴達先生是不是駕著馬車去載馬鈴薯了？」

當然，黛安娜早上親眼看到馬修駕著馬車出門。

沒過多久，兩個人受不了這麼拘束，恢復平日活潑的模樣。

「走吧！黛安娜，我們去果園摘蘋果吃。瑪麗亞說，現在樹上的蘋果統統可以吃，而且她還幫我們準備了喝茶時吃的水果蛋糕和櫻桃呢！」

蘋果樹上掛著鮮紅誘人的蘋果。整個下午，她們都在樹下開心地一邊吃蘋果，一邊閒聊。

「走！屋裡有草莓汁，我幫妳拿。」

但是，瑪麗亞所講的位置上根本沒有草莓汁，安妮找了好久，才在最上層的架子上找到。她把瓶子連同杯子放在餐盤上，送到黛安娜面前，優雅地說：「黛安娜，請妳自便吧，不用太客氣。」

黛安娜滿滿地倒了一杯，看著透明而晶瑩的色澤，一邊慢慢品嘗。

「真的好好喝喔！我從來沒喝過這麼好喝的草莓汁！」

「不用客氣！只要妳喜歡就好，那，我去廚房準備下午茶，等我一下，我馬上就過來。」

安妮再回到客廳的時候，黛安娜已經貪心地喝了滿滿兩大杯。禁不住安妮的盛情邀請，黛安娜繼續喝下第三杯。

「噢！我有生以來第一次喝到這麼好喝的草莓汁，琳達夫人一直說她自己做的草莓汁遠近馳名，但是今天我發現跟瑪麗亞伯母比起來，真是差遠了！」

「瑪麗亞本來就很厲害……咦！黛安娜，妳怎麼了？」

此時只看見黛安娜手扶著額頭，緊皺著眉頭，搖搖晃晃著站起來，安妮嚇壞了，黛安娜怎麼突然生病了？

「我覺得頭好暈，我真的好不舒服唷，我要回家休息了。」

「可是，我已經沖好茶了，妳不喝點我的茶就要回家了嗎？妳等我一下，我現在就去把茶拿過來。」

看到黛安娜這麼難過，安妮好失望，不知道原本開開心心的下午茶宴會，爲什麼突然會變成這樣？

「安妮，我真的不行了，我要走了。我覺得頭越來越暈了，整個世界好像都在旋轉。」

不管安妮怎麼殷勤慰留黛安娜下來，她仍然很堅持要回家，安妮只好小心地扶著她回家。

回到綠屋，安妮看著所有準備好的蛋糕、點心和餅乾，仍然原封不動放在桌上，眼淚不爭氣地又掉了下來。

但是，那也是沒有辦法的事啊，安妮只好垂頭喪氣地收拾好這些餐點，開始準備馬修和喬利的茶。

第二天，下了一整天傾盆大雨，安妮只能乖乖待在家裡。

第三天下午，瑪麗亞要安妮到琳達夫人家，幫她去拿個東西。沒想到，安妮回來時，竟然淚流滿面，整個人「哇」一聲撲倒在沙發上大聲哭了起來。

「安妮，又發生什麼事啦？妳別光顧著哭，趕快跟我說怎麼啦。」瑪麗亞很是驚訝：「妳是不是又做了什麼事讓琳達夫人生氣了？」

安妮沒說話，只是拼了命地哭。

「安妮，妳現在給我坐起來。告訴我，妳剛剛出門發生了什麼事情？怎麼哭成這副模樣？」

「琳達夫人今天早上到巴里家聊天的時候，聽巴里夫人說，上次我騙黛安娜喝酒，還把她灌醉了。爲了這件事，巴里夫人生氣極了，說我真是個不知分寸的壞孩子，以後怎麼放心黛安娜跟我出去玩。可是，瑪麗亞，我是冤枉的，我們沒有喝酒，當然更不可能把黛安娜灌醉啊。」

瑪麗亞聽完這件事，覺得一頭霧水。

「妳把黛安娜灌醉？這到底是怎麼回事？妳們那天喝了什麼東西？」

「草莓汁啊！那天，黛安娜還對妳做的草莓汁讚不絕口，我不曉得她爲什麼喝完三杯就說她頭很暈。」

「喝草莓汁，頭怎麼會暈，又怎麼會喝醉？這怎麼可能？」

瑪麗亞到客廳櫃子查看，安妮說的哪裡是什麼草莓汁，根本就是三年前家裡釀的葡萄酒。而那天說的草莓汁，是她自己糊塗，不小心收到儲藏室去了。

回到廚房時，瑪麗亞忍不住笑了出來。

「安妮，妳真糊塗。黛安娜喝的是葡萄酒，不是草莓汁啊！難道妳分不出來兩個的差別嗎？」

「我根本沒有喝嘛！我怎麼知道黛安娜不知道那是草莓汁呢？巴里夫人跟琳達

夫人說，黛安娜那天頭重腳輕搖搖晃晃回家，問她怎麼了，根本就不知所云，倒頭就睡，一睡就昏睡了好幾個鐘頭都起不來，簡直醉得亂七八糟。巴里夫人起先還很擔心黛安娜怎麼了，直到聞到黛安娜身上的酒味，才知道她喝醉了。隔天醒來之後，黛安娜還頭痛了一整天，巴里夫人以爲我是故意要害黛安娜喝醉的。」

「哎！原來是這麼回事。黛安娜也真是的，覺得好喝也不管是什麼，就一口氣咕嚕咕嚕喝了三杯，就算是草莓汁，喝了三大杯，胃也會難過吧！好了，好了，妳別哭了。我知道這件事情不是妳的錯，乖孩子，別哭了！」

「妳叫我怎麼能不難過？天啊，命運之神爲什麼總是捉弄我？我做夢也沒想到居然發生這種事。難道我真的就這樣永遠跟黛安娜分開嗎？」

「不要說傻話了，只要巴里夫人知道事情的真相，她會改變想法的，我看，妳最好今天晚上就去跟她解釋一下，告訴她這件事是妳不小心犯的無心之過。」

安妮歎口氣：「我不敢去。瑪麗亞，妳能不能幫我去求情嗎？巴里夫人比較相信妳說的話。」

「說的也是。好吧！晚上我幫妳去向巴里夫人解釋，妳就不要再哭了。」

瑪麗亞到了巴里家，才知道這整件事情並沒有自己想的這麼容易。

安妮看到瑪麗亞臉上的表情，大概也猜到可能不是很順利，傷心地說：「我知道，巴里夫人不肯原諒我，對不對？」

瑪麗亞打抱不平地說：「巴里夫人頑固得跟石頭一樣，我從來沒見過有人像她這樣不明事理。不管我怎麼解釋，她就是不肯相信，把妳說成跟妖怪一樣。最後我也只好不客氣地回說，『那是妳家孩子自己分不清楚草莓汁和葡萄酒，這麼亂來，一下子就喝下三大杯，假如我們家小孩也這麼喝東西，我一定會好好處罰她。』」

說完，瑪麗亞轉身回到廚房繼續幹活。安妮一個人，左想又想，還是想不到解決的好辦法，最後她用力地點一點頭，深呼吸一口氣，冒著深秋時候的冷風颼颼，往巴里家跑去。

剛好是巴里夫人前來開門，看見安妮的時候，臉上的表情馬上沉了下來，冷漠地問：「妳來這裡幹什麼？我們家不歡迎妳。」

安妮眼睛含著淚水，懇求巴里夫人：「伯母，我真的不知道那是葡萄酒，我不是故意讓黛安娜喝醉的，這一切都是意外，請您怎麼處罰我都好，就是不要不准黛安娜和我見面，好不好？」

如果是心軟的琳達夫人，看到安妮這樣拜託，天大的事情也會煙消雲散，但是巴里夫人還是不鬆口，咄咄逼人地說：「我已經跟瑪麗亞說過，妳以後不要再來找我們家黛安娜玩了，我看妳還是乖乖回家去吧！」

安妮臉色慘白，還不放棄最後一絲希望，哀求巴里夫人：「那麼，求求您讓我和黛安娜再見最後一面，我想跟她道別。」

「她和她父親去卡蒙迪買東西了。」說完，巴里夫人便「碰」一聲地把門給甩上，任由安妮怎麼敲門也不理了。

看來這件事情已經無法挽回，安妮慢慢地走著，心裡也愈來愈清明。回到家的時候，她平和地對瑪麗亞說：「瑪麗亞，現在看來，似乎也只能祈求上帝保佑了，但是爲什麼巴里夫人這樣頑固呢？難道連萬能的上帝都沒辦法讓她明白事理嗎？」

瑪麗亞聽完，強忍住笑意，很不忍心地申斥安妮：「不可以這樣說話，這樣子不禮貌。」

夜裡，瑪麗亞翻來覆去，心裡還是擔心著小安妮，悄悄地走到她的房間，用無限溫柔的神情，望著這個滿臉淚痕的孩子。她不禁彎下腰在她的臉頰上輕輕地吻了一下，自言自語說著：「唉，這可憐的孩子。」

第二天下午時分，安妮坐在客廳縫補著衣服上的釦子，縫得累了，抬頭向窗外望去，正好看見黛安娜正在遠方向她招手。安妮又驚又喜，馬上放下手裡的工作，往黛安娜那頭跑去。

可是看見黛安娜愁容滿面，安妮心裡涼了半截，「伯母還是不肯原諒我嗎？」

黛安娜望著好朋友，嘆了一口氣，無奈地點點頭：「媽媽還是不准我們見面，今天是我千拜託萬拜託，她才答應讓我出門十分鐘，跟妳道別。」

「十分鐘？天啊，時間對我們來說實在永遠都不夠，黛安娜，我們打勾勾，不論發生了什麼事情，妳不要忘了我，我們永遠當好朋友，好不好？」

「嗯！當然，我想我再也找不到其他像妳這樣知心的朋友了！」說完，兩個人抱在一起哭了起來。

「黛安娜，妳能不能給我一撮頭髮當作紀念。」

「當然可以了，但是現在我們要拿什麼來剪呢？」

「我剛剛在縫紉，口袋裡正好有剪刀，等我一下喔！」安妮小心而珍貴地剪下黛安娜的一小撮黑髮。

「再見了！我永遠的朋友，不管我們分開多遠，我的心永遠是屬於妳的。」安妮揮著手，直到看不見黛安娜的身影之後，才黯然回家。

第三天，安妮一邊整理書包，一邊跟瑪麗亞說：「我決定要回去上學了，因爲只有在學校，才能和黛安娜見面。」

「那妳可要乖乖聽老師的話，注意聽講喔！」瑪麗亞忍著心裡的喜悅，假裝若無其事地叮嚀著安妮。

「妳放心好了，我會努力當個好學生的。」安妮一臉憂傷離開家門。

一到學校，安妮就受到好久不見的同學們熱烈歡迎。

安妮原來以爲大家都忘了她，想不到她的書桌上陸陸續續地開始堆著三個青桃子、綁著絲帶的小香水瓶、寫有祝福話語的粉紅色卡片……等，這些禮物堆滿她的桌子。就連菲力浦老師也幫她換座位，坐在模範生米妮·安德利斯旁邊，說要讓她快點趕上學校的進度。

中午過後，安妮的座位上又悄悄地出現一個香甜紅艷的大蘋果。

安妮看到蘋果，口水都快滴了下來，正想一大口咬下去的時候，突然想到這麼好的蘋果，應該只有在亞凡利村裡，「閃亮的湖水」對岸，吉爾巴特家的果園裡種出來的。一想到這個，似乎被電到一樣，安妮吐了吐舌頭，趕緊把蘋果放下，還故意拿手帕擦手。

中午休息的時候，一直很喜歡安妮的查理過來送她一塊石板。安妮感謝他的體貼，微笑跟他道謝，讓查理高興得狂叫。

或許是因為收到這麼多禮物，對於大家的熱情實在是太興奮了，下午上聽寫課的時候根本沒辦法專心，放學後被老師留下來罰寫課文。

一整天只有黛安娜沒有過來跟她打招呼，就連在教室裡遇見安妮的時候，看也不看一眼，讓安妮心裡好難過，又不敢過去找她問個清楚。

晚上睡覺前，安妮跟瑪麗亞抱怨說：「黛安娜不知道怎麼了，上帝哪，我只有祈求她能對我笑，就算只有一下也好。」

隔天早上到了學校，安妮發現在座位上有一個小包裹和一封信。

「給親愛的安妮：

即使在學校，媽媽也不准我和妳說話，所以妳一定一定要原諒我。在我心裡，妳永遠是我最好的朋友，為了歡迎妳又回到了學校，我親手用紅色的紙板做了一張現在最流行的書籤送給妳，希望妳看到它時能想起我。

祝安好

妳忠心的朋友黛安娜・巴里」

安妮興奮地把黛安娜的信反反覆覆看了好幾遍，甚至把信拿起來親吻，立刻拿起筆回信。

「給親愛的黛安娜：

當然，伯母的命令，妳不得不遵從，這一點我是不會怪妳。謝謝妳送我這麼美麗的禮物，我一定會永遠珍惜，相信這張漂亮的書籤能夠使我們心有靈犀。

祝安好

安妮・柯蒂莉雅謹上

PS：今天晚上妳的信將可以在我枕邊伴我有個甜美的好夢。」

安妮終於安心了，她和黛安娜真誠的友誼不會改變，她決定從今之後要更加用功，和吉爾巴特競爭第一名寶座。暗地裡，安妮把他當成自己的目標。

老師在班上總是稱讚著吉爾巴特的拼字能力，所以安妮拼命地死背，拼命地練習，果然沒過多久就趕上了。吉爾巴特知道了不但沒有不高興，還很有風度地在全班同學面前誇讚安妮。

知道這件事，反而減少了安妮勝利的喜悅，她多麼希望看到吉爾巴特懊悔著甚至氣得跺腳的樣子。

學期結束，安妮和吉爾巴特都順利升上五年級，得多修一些例如拉丁文、幾何、法文、代數這些課程。

安妮討厭幾何、算數，每天下課之後，總會對瑪麗亞抱怨：「這個科目怎麼那麼難，我怎麼也弄不清楚這些數字，真是讓我頭疼。就連老師都說，他第一次得講解那麼多遍，才能把學生教會。最讓人生氣的是那個吉爾……，嗯……是有的人對數字學得就很快，連黛安娜分數也比我高，但是輸給黛安娜也沒有關係。哎呀！一提到她，我還是覺得好難受喔。不過，既然神創造了這麼有趣的世界，我又怎麼能夠一直傷心下去呢？」

第 3 章

盡職的小護士

三個人輪流看顧著蜜妮，按時間幫她餵藥，換冷毛巾幫她退燒。當馬修帶著醫生趕到的時候，已經是凌晨三點了，這時蜜妮的病情已經穩定下來。

一月的某一天，加拿大總理到愛德華王子島演講，瑪麗亞和琳達夫人由婦女會邀請，趕到三十英哩外的夏洛特城參加歡迎酒會。當時，天空正飄著茫茫大雪，窗戶上凝結閃亮的冰柱，安妮和馬修待在廚房裡聊天。

「馬修伯伯，我到儲藏室去拿一點蘋果過來，我們一起分著吃，好不好？」

「好啊！正好我也想吃蘋果呢。」

雖然馬修只是不忍心拒絕安妮而已，還是裝得很高興地答應了。

正當安妮拿著蘋果從儲藏室走出來的時候，忽然看到黛安娜衝進來，上氣不接下氣、臉色蒼白靠在門邊。

「怎麼啦？黛安娜！」

黛安娜幾乎快哭出來，顫抖著說：「安妮，妳幫幫我，妳趕快跟我來！蜜妮得了喉炎，看起來好可怕，我爸爸和媽媽都到夏洛特去了，沒有人可以去請醫生。安妮，怎麼辦？我真的好害怕喔！蜜妮會不會死掉？」

馬修聽完，馬上起身抓起帽子和披風出門。

安妮也匆忙穿上外套：「別擔心，馬修伯伯趕到卡蒙迪去請醫生了。」

「可是……很多大人都去參加晚會，恐怕請不到醫生啊！」黛安娜害怕得幾乎快哭出來了。

「不用怕，以前哈蒙德先生家的三對雙胞胎先後都得過喉炎，我曾經幫忙照顧過，等一下喔，我去拿藥，妳家也許沒有。」

安妮拿了藥，隨即和黛安娜一起跑回家，看到安娜三歲可愛的小妹妹——蜜妮，發著高燒，全身發燙地痛苦掙扎，屋子裡只聽到她的喘息聲。看護著小孩的女傭——梅愛莉也完全沒轍，儘管急得像熱鍋上的螞蟻，卻也只能在旁邊握著她的手等醫生到來。

安妮一進屋子，就開始發號命令，指揮全局。

「首先，我們需要一些溫水，梅愛莉，去柴房多拿點柴火來把水燒開，好嗎？現在我脫掉蜜妮的衣服。黛安娜，妳們家應該有柔軟的法蘭西絨布，幫我找一些過來。還有，梅愛莉，幫我扶著蜜妮，我們讓她先喝藥再說。」

這麼苦的藥，蜜妮根本不肯吞下，但是安妮憑著之前照顧小孩的經驗，逼著蜜妮把藥喝完了。

三個人輪流看顧著蜜妮，按時間幫她餵藥，換冷毛巾幫她退燒。當馬修帶著醫生趕到的時候，已經是凌晨三點了，這時蜜妮的病情已經穩定下來，安靜地躺在床上睡覺。

事後，醫生告訴巴里夫婦說：「當我趕到這裡的時候，蜜妮的病情已經穩定下來了，度過致命的危險期。真多虧卡斯巴達家的那個女孩處理得當，才能救了蜜妮一命。」

安妮從巴里家離開，已經是清晨了，路上佈滿白色霜雪。

安妮雖然累到眼睛都快睜不開了，卻還是開心地對馬修說：「多美好的早晨啊！就像是上帝隨手塗抹創造出的圖畫！我真慶幸能夠在這個白雪皚皚的世界裡，享受這樣的美景。還真得感謝哈蒙德先生有三對雙胞胎，否則我真不知道該怎麼樣照顧蜜妮呢！現在，我真是累壞了，只想好好休息一下，今天應該不能去上學了，馬修伯伯你要幫我請假喔。」

「好的，快到家了。」馬修摟著安妮的肩膀，用憐愛和欣慰的眼神望著眼前這個小大人。

安妮醒來的時候，已經過了中午，走進廚房，看到早已回來的瑪麗亞正在編織著毛衣。

瑪麗亞早就為安妮準備好了午餐，看到她吃完之後，才跟她說：「稍早妳還在休息的時候，巴里夫人來家裡說想見見妳，當面感謝妳救了蜜妮一命。她還提到上回葡萄酒的事，她說她已經知道事情的真相，希望妳能原諒她。此外，巴里夫人希望妳醒來的時候，能過去一趟，因為黛安娜感冒了，不能出門見妳。」

聽到這個好消息，安妮馬上睜大了眼睛，合不攏嘴地笑著。

瑪麗亞笑著說：「傻孩子，妳還不趕快去！」

安妮連跑帶跳地跑到黛安娜家去，沒過多久，神采奕奕地沿著煙霧瀰漫的雪地哼著歌散步回家。

太陽已經落下，閃亮的星星在灰藍色的天空中溫柔地微笑，在罩著白雪的原野和黑暗的山谷之中指引旅人方向。遠方傳來雪橇奔馳的叮噹鈴音，清脆得彷彿傳說中妖精動人的笑聲。

然而這一切，都比不上安妮迴盪在山野之間的歌聲來得讓人喜悅。

參加音樂會

安妮一整天興奮得坐立不安，下課之後就直接到黛安娜家裡，對安妮來說，整個晚上就像是一場美夢，每一個節目都讓她感覺十分的新鮮。

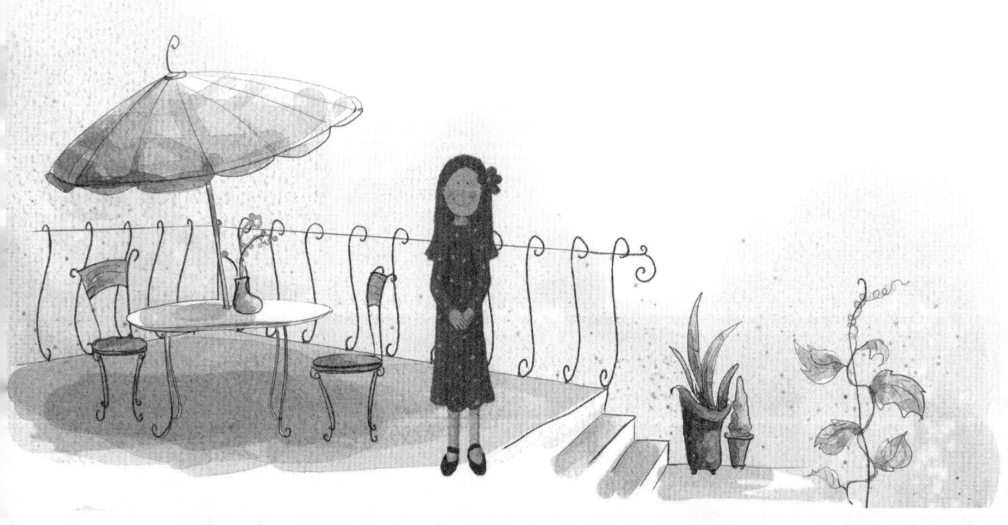

「瑪麗亞，我有急事要去黛安娜她們家一下下，馬上就回來，好不好？」安妮急忙衝出房門。

「都這麼晚了，還想往外跑？妳們有什麼急事，不能等到明天再說？我真的不懂妳們現在這些小孩都在想什麼，怎麼會有這麼多話可以說？妳和黛安娜在學校說了一整天還不夠，放學回來以後，又在雪地裡依依不捨，多聊了三十多分鐘，而且大部分時間都是妳在說，難道妳還沒說夠嗎？」

瑪麗亞的聲音冷得像外頭飄的雪一樣，照這種情形看起來，似乎是不答應讓安妮出門了。

「可是，我一定要見到她，她有非常重要的事要告訴我。」

「妳怎麼知道？」

「她從她房間的窗戶跟我打信號呀！我們之前約定好用蠟燭和厚紙板來傳送消息的。先在窗台點亮蠟燭，然後在蠟燭前面移動厚紙板，反射光線，根據每次光線傳送的次數來傳達暗號。」

「我看妳們這樣只會燒了窗簾而已，這哪有什麼用啊？」

「我們每次都很小心，不會燒到窗簾的，而且妳不覺得這樣蠻有趣的嗎？如果光連續閃兩次表示『在家』，三次是『是』，四次是『不是』，五次則是『我有急事要告訴妳！』剛剛黛安娜就連續打了兩次五次光！」

「算了，妳得快去快回！知不知道？」

安妮果然一會兒就跑回來了。

「瑪麗亞，是個天大的好消息喔，明天黛安娜生日，巴里夫人問我要不要放學之後直接去她們家，黛安娜的表哥會駕大雪橇過來，載我們去參加亞凡利村的音樂會，然後晚上還要留我在她們家過夜呢！拜託！拜託！聽起來真的很好玩，我可不可以去呢？」

「這不太好吧？妳以前從來沒有參加過音樂會，也沒在別人家過夜。」

「黛安娜一年才過一次生日，那天不一樣啦！」安妮急得都快哭出來了：「音樂會上，普林斯要朗誦詩歌，旋律很優美。而且牧師有一場精采的演講，妳不是要我常常聽牧師演講嗎？總而言之，我真的很想很想去，我都跟黛安娜講好了，妳就讓我去，好不好？」

「我說不行就是不行！妳現在給我趕快換上睡衣去睡覺，妳也不看看都已經八點多了。」

「等一下，我忘了跟妳說，巴里夫人對黛安娜說，晚上我們可以睡在客房，瑪麗亞，妳看這是多麼榮譽的事啊！」

「妳不會有這種榮譽的。好了，廢話少說，趕快上樓去睡覺。」

安妮垂著頭，失魂落魄地回到二樓。

這時候，原來躺在沙發上閉目養神的馬修睜開眼睛，對瑪麗亞說：「妳看她這麼想去，妳就讓她去吧！讓小孩多接觸外面的世界也沒什麼壞處，何況她也不是一個人去，這有什麼好擔心的？」

「不行，難道她想上月球，你也讓她去？如果只是去黛安娜家過夜，我還覺得沒關係，我擔心安妮如果去音樂會，回來之後一定會興奮過度，搞不好會頭痛或身體不舒服的，那孩子不就是這樣嗎？」

「我還是覺得讓她去沒有什麼不好的。」

馬修堅持讓安妮去，瑪麗亞沒有更好的理由說服馬修，只好選擇不再說話。

第二天早上，安妮在廚房裡洗碗。

馬修又對瑪麗亞說：「怎麼樣？妳就讓安妮去吧！」

「既然你這麼幫她說話，我就讓她去吧！不過，萬一發生什麼事，你要負責喔！」瑪麗亞終於勉強地同意了。

安妮洗碗洗到一半，顧不得手上還拿著濕答答的抹布，一路滴著水衝出廚房。

「瑪麗亞，我真的沒聽錯，能不能拜託妳再說一遍？啊！這真的是太棒了，我真是太幸福了！」

「這是馬修答應的，跟我一點關係也沒有。哎呀呀！安妮，妳在製造水災嗎？屋子要淹水了。」

「對不起！我一定會整理乾淨才去學校的。瑪麗亞，妳不知道我有多想去參加音樂會。在學校裡，好像只有我一個人沒參加過，每次同學們在討論的時候，我都好羨慕他們。還是馬修伯伯了解我，謝謝！真是太謝謝了！」

安妮一整天興奮得坐立不安，下課之後就直接到黛安娜家裡，先到二樓的房間換衣服，準備出發。

和黛安娜的毛皮帽子和時髦背心比起來，安妮的衣著樸素，毫無裝飾的黑色帽子和黑色大衣相形之下遜色許多，但是憑著想像，她化身爲高貴的公主，也不再爲自己的衣著而難過。

不一會兒，黛安娜的表哥們駕著大雪橇來了，安妮和黛安娜立即往亞凡利村的大禮堂出發。

對安妮來說，整個晚上就像是一場美夢，每一個節目都讓她感覺十分的新鮮，只有當吉爾巴特上台朗誦時，安妮刻意別開了頭，拿起了手邊的書隨便翻著。

第 5 章

樂極生悲

安妮怎麼也沒想到，由於她們昨天晚上的調皮，巴里家吵到快把屋子給翻過來了。到了下午，她才發現自己闖了大禍，約瑟芬姑婆氣得都快冒煙了。

回到巴里家已經是深夜十一點，黛安娜的家人早已進入了夢鄉。屋內漆黑一片，安靜得似乎連一根針掉在地上都聽得到，客廳的壁爐裡還有炭火的餘燼，把屋裡烤得暖洋洋的。

「咱們在這裡換衣服好了，比較暖和。」黛安娜說。

「如果能夠上台表演一定很刺激！我們不知道什麼時候才能夠上台接受大家的掌聲？」安妮似乎還陶醉在音樂會的氣氛之中，意猶未盡地說著。

「就是說嘛！……妳有注意到嗎？今天晚上，吉爾巴特表演得很精采唷！」

「黛安娜！請不要在我面前提吉爾巴特的名字！快點啦，妳準備好了沒有？我要上床睡覺了，這樣好了，我們兩個來比賽，看誰先躺上床就算贏了。」

安妮這個主意，黛安娜也覺得很好玩。於是她們換好白色睡衣之後，爭先恐後地跑過長長的迴廊，衝進客房，幾乎兩個人同時跳上床。可是，突然聽到棉被底下竟然有人發出尖叫。

到底是怎麼下床，怎麼跑出房間的，安妮和黛安娜已經慌張得不記得了，只知道最後兩人心驚膽跳地回到二樓黛安娜的房間

「剛剛那……那個是……誰啊！這到底……是怎……麼回……事？」安妮既驚

慌又害怕，講話時結結巴巴，兩排牙齒都不住地打顫。

「應該是約瑟芬姑婆吧！我也不知道她為什麼會在客房？我猜她現在一定氣到說不出話來了！安妮，我們好衰喔，為什麼我們會遇到這種倒楣事呢？」黛安娜竟然一邊說一邊摀著嘴笑著。

「約瑟芬姑婆？」安妮從來沒聽過黛安娜提過這個人。

「她住在夏洛特城，年歲很大了，差不多有七十幾歲吧！最近我聽說姑婆要來，可是不知道就是今天。看著好了，明天她一定會因為今天晚上的事碎碎念個不停，我想我們這下子有好戲看了。」黛安娜眨了眨眼睛，淘氣地說。

第二天早晨，約瑟芬姑婆沒有下來吃早飯，巴里夫人對於昨晚上的事毫不知情，還愧疚地對她們說：「昨晚的音樂會好不好玩？本來想跟妳們說約瑟芬姑婆來了，妳們不能睡在客房，要在二樓擠一擠，但是我真的累到眼皮都張不開，不知不覺就睡著了。妳們昨天晚上沒吵到她老人家吧？」

黛安娜沒有回答，和安妮兩個人對望一眼，神秘地笑著。

吃完早飯，安妮就回家，怎麼也沒想到自己走後，由於她們昨天晚上的調皮，

巴里家吵到快把屋子給翻過來了。到了下午，瑪麗亞要安妮到琳達夫人的家裡拿東西，她才發現自己闖了大禍。

「昨晚，聽說妳和黛安娜兩個差點把約瑟芬夫人嚇死了。剛才巴里夫人來我這裡問我意見，她說這位老人家一發起脾氣來，可沒有人擋得住！她氣得根本不理黛安娜了，現在也不知道該怎麼辦才好？」

「這不是黛安娜的錯，全都是我不好，是我提議要比賽誰先上床的，當時我們也沒注意到床上有人，一跳上床就壓到她，讓她受到驚嚇。」想不到這件事情這麼嚴重，安妮心裡對黛安娜覺得很愧疚！

「我想妳們也不會是有心的。只是，約瑟芬夫人本來計劃停留一個月，現在一天也不肯多留，明天就要回城裡去了。原本答應要幫黛安娜出這學期的音樂學費，現在卻說：『我不會爲調皮搗蛋、沒有禮教的女孩做任何事。』」

「唉！我真的很倒楣，經常給大家惹麻煩不說，就連自己最知心的好朋友也遭殃。」安妮沮喪地跟琳達夫人告別之後，一邊嘆氣一邊往巴里家的後門慢慢走去。

她小聲地敲了敲門，剛好是黛安娜前來應門。

安妮小聲問著：「聽說約瑟芬姑婆很生氣啊？」

「嗯，她氣得都快冒煙了，她說她從來沒有見過這麼沒有規矩的小孩，真是沒有家教，做父母的應該覺得丟臉才是。她已經在收拾行李，打算要回家了！我是無所謂，反正讓大人念一念就算了，可是爸爸、媽媽現在正在頭疼，不曉得該用什麼辦法讓她息怒。」

「妳爲什麼不直接跟他們說，這件事情是我出的主意呢？反正就讓我來負責吧！要處罰的話就處罰我好了。」

「這又不是妳的錯！何況，這件事我也有一半的責任。」

「那我自己去跟她解釋好了。」

黛安娜聽完嚇了一大跳，睜大眼睛看著安妮：「妳千萬不要去，肯定會被她罵得狗血淋頭的。」

「妳不要嚇我嘛！被罵或者被懲罰都沒關係，我不能夠讓妳爲我受苦！況且這件事情是因我而起的。」

安妮不管黛安娜的阻止，走到姑婆房門前，輕輕敲了敲門。

「請進！」聲音顯得堅定有力。

安妮打開門，只看見瘦小幹練的約瑟芬姑婆坐在壁爐旁編織東西，由於她的氣還沒消，金邊眼鏡後精明的眼睛像要噴出火似的咄咄逼人。

「妳是誰？」姑婆毫不客氣地問。

「我是住在附近綠屋的安妮，我要爲昨天晚上的事情，特地前來向您賠罪。」

安妮低著頭，小聲地說。

「哦？」姑婆推了推鼻樑上的眼鏡，打量著眼前這個小女孩，好奇著她到底想說些什麼。

「昨天夜裡都是我不好，突發奇想要黛安娜和我比賽誰先上床，所以才會冒冒失失地衝進客房打擾到您。」

「您也知道，黛安娜是個聽話的好女孩，是不可能會做出這種失禮的事情的。我這次來這裡就是希望您能瞭解事情的真相，不要錯怪了她。而且，我們事先並不知道您在這兒，所以才會做出這種愚蠢的事情，我請求您原諒黛安娜吧！」

「黛安娜對音樂很有天份，也很喜歡彈鋼琴，如果因爲我的過失，讓她不得不半途而廢，她會遺憾終生的！如果您真的很生氣，那您看怎麼教訓我能讓您消氣，我從小就經常挨打挨罵，沒有關係的。」

聽了這孩子的一大串嘰哩呱啦地解釋，姑婆覺得這個孩子想法很新鮮，氣消了一大半，甚至眼裡還帶著笑意，但仍然用嚴肅地口氣說：「妳說妳們不是故意的，但這也不能當作藉口。妳不知道我一整天長途旅行折騰下來，一把老骨頭已經累散了，好不容易可以好好休息，偏偏妳們這兩個頑皮鬼突然跳上床，把我嚇得半死，妳不知道我有多難受唷！」

「雖然我真的不太能理解，但是我猜想我們昨夜大概害您睡不安穩了。不過，姑婆如果能替我們想想：一方面，我們不知道床上有人，黑暗之中我們自己也嚇破膽了，當時真的說有多恐怖就有多恐怖。二方面，原先巴里夫人明明答應讓我們睡客房的，可是經過昨天晚上這一嚇，我們只好忐忑不安地擠在二樓房間度過了一晚，平常您來這裡一定是睡客房，大概覺得沒什麼了不起，但是對我來說，這是多麼難得的禮遇呀！如果您願意的話，請您將心比心，想像一下我昨夜的心情！」

聽著聽著，姑婆不禁笑了起來。

「已經很久沒有人要我發揮我的想像力了，可能已經生銹，無法使用了。不過，妳剛剛說了那麼多，我能夠明白妳們昨天的行爲，好吧！妳過來我這裡坐下，跟我聊聊天吧！」

「我也很想跟姑婆聊天，可是真的很抱歉，我答應瑪麗亞要趕快回家的，不過，您這麼明理，一定是個好人，我以後會常常來找您的……還有，請不要因爲昨天晚上的事，就認爲黛安娜平時就是那樣子，她是個親切乖巧的女孩。最後，我想拜託姑婆親口跟我說，您已經原諒了黛安娜，您會按照原來的計劃留下來。」

「那妳要先答應我。如果妳能夠常常來陪我說說話，我就答應妳留在這裡久一點。」姑婆很和藹地笑著說。

那天晚上，約瑟芬姑婆送給黛安娜一隻手鐲，而且當著大家的面，宣佈她確定留下來的決定。這段時間因爲有小安妮作伴，每天找她說些稀奇古怪的想法，她的心情始終都很愉快。

第 6 章

魔鬼森林的秘密

安妮全身顫抖著走入森林陰暗的小徑，樹枝相互摩擦時，發出陣陣的呻吟，好像在用低沉的聲音念著咒語一樣，蝙蝠在半空飛舞，嘰嘰嘰嘰的叫聲，更讓她不禁猜想著，這會不會是通風報信的幽靈使者？

春回大地，綠屋又回復生氣蓬勃的景象，天氣晴朗，綠草如茵，花朵毫無顧忌地盡情綻放著，連「閃亮的湖水」附近沼澤裡的蛙兒們，也用低沉的嗓音演唱著快樂的圓舞曲。

有一天傍晚，安妮在房間溫習功課，看了一會，突然放下手中的書本，望著那棵她命名為「白雪女王」的櫻花樹，又進入了天馬行空的想像世界之中。

過了一會兒，瑪麗亞拿著安妮的圍裙走了進來，靠著床邊坐著。她的老毛病發作，整個下午頭痛欲裂，根本沒辦法集中注意力。

安妮聽到腳步聲，頭也不回地說著：「瑪麗亞，妳還記不記得去年的今天，我們綠屋發生什麼事嗎？」

「我現在這種情況，什麼也想不起來了。」

「想不起來？今天是我來到綠屋滿一周年的日子啊！我可是終身難忘呢。瑪麗亞，妳會不會後悔當初領養我？」

「傻孩子，怎麼會呢？安妮，我們先不要說這個，妳幫我一個忙，去巴里家一趟，借黛安娜的圍裙紙樣回來。」

「可是，天色已經晚了。」

「怎麼會呢？太陽還要一會才會落下呢！況且，以前就算是天黑，妳不也常常去黛安娜她家串門子？」

「明天一大早天亮我就去，好不好？」

「妳到底怎樣了？妳現在借回來，晚上我就可以開始幫妳做新的圍裙啊，現在給我馬上出門。」

安妮心不甘情不願穿著大衣準備出門，嘴裡卻喃喃自語：「好吧！只好繞路過去了。」

「爲什麼要繞路呢？那要多花三十分鐘，妳不知道嗎？」

「可是我一個人不敢穿過『魔鬼森林』啊！」

「魔鬼森林？我們這裡哪有魔鬼森林呢？」

「就是沿著小河再過去一點，不是有片樹林嗎？」安妮小聲地說。

「森林就是森林，哪裡有什麼魔鬼？」

安妮趕緊向瑪麗亞辯白：「雖然這一帶的風景都很美，可是那片森林和其他地方比起來真的怪怪的。而且，這可不是我自己瞎掰的，就連黛安娜也覺得那裡有鬼，所以我們才這麼取名的。」

安妮繼續說道：「我們想像在那片森林裡，有個女人，全身穿著黑衣，一邊沿著小河走，一邊緊握著雙手、悲傷地哭泣。要是有人看到她，家中一定會發生不幸的事情。而且更可怕的是，在森林的角落裡，到處飄蕩著慘遭殺害的小孩靈魂。那些孤魂野鬼，總是悄悄地跟在人的背後，用冰冷的手在後面拍人的肩膀。無頭的男屍沿著小路慢慢摸索，想要找到他被砍下來不知道掉到哪裡的頭，一不小心還會發現樹幹裡嵌著骷髏，正在衝著人猙獰地笑著……。所以現在天黑以後，我都不敢經過『魔鬼森林』了。」

「妳常常在想這些有的沒的嗎？」瑪麗亞第一次聽這小孩說這麼毛骨悚然的事，驚訝地問著。

安妮結結巴巴地說：「也沒有常常啦！……白天的時候我就不會想，但是到了晚上，那些鬼出來遊蕩的時候，我就不得不想。」

「世界上根本沒有鬼！」瑪麗亞認真地跟安妮一個字一個字地強調。

安妮搶著說：「瑪麗亞，妳不要不相信，真的有喔！我們班上的查理就說，他祖父死了一年以後，他祖母還看見過他祖父趕著牛回家。妳也知道，他祖母是個信仰虔誠的人，絕對不會亂說。還有……」

「安妮，」瑪麗亞不耐煩地打斷她的話：「我不想再聽到妳胡說八道。妳馬上到巴里家去，而且一定要經過松樹林才行。我要妳去確定那片樹林是不是真的有妳說的那些古古怪怪的東西，妳知不知道？」

瑪麗亞和安妮一起出門，走到森林入口，逼著她非得穿過那片有「黑衣女人、小孩靈魂和無頭男屍」遊蕩的森林。

「瑪麗亞，要是那些孤魂野鬼把我捉去跟他們作伴，那我該怎麼辦？」安妮哭喪著臉說。

「那就只好隨便他們囉！」

瑪麗亞聳聳肩膀，故意裝出沒辦法的神情，說著：「我要妳這樣做，是希望能改掉妳胡思亂想的毛病。妳快走啊，我在家等妳回來！」

安妮全身顫抖著走入森林陰暗的小徑，還是不免四處張望，擔心某些恐怖的東西藏在森林某個黑暗的角落裡，突然會有冰冷、枯瘦的手捉著她不放。

這時候，從窪地吹過來一片白樺樹皮，把安妮嚇得心臟撲通撲通地狂跳著。風吹過樹枝，相互摩擦時，發出陣陣的呻吟，好像在用低沉的聲音念著咒語一樣，嚇得她全身冒著冷汗。蝙蝠在半空飛舞，嘰嘰嘰嘰的叫聲，更讓她不禁猜想著，這會不會是通風報信的幽靈使者？

安妮開始後悔自己平常是不是想太多了。

一走出森林，安妮開始狂跑，想要甩開那種恐怖的感覺。衝進巴里家廚房的時候，她幾乎整個人都喘不過氣來，臉色蒼白，結結巴巴地向巴里夫人借了紙樣。然後再提起勇氣，經過一番折磨之後終於回到家。

瑪麗亞只是輕描淡寫地說：「哦！回來了？」便不再多說些什麼。

安妮牙齒還上下打顫，身子也直發抖說：「瑪……瑪麗亞，我……下次不敢亂……亂想這些奇怪的東西了。」

幸福的滋味

安妮興奮得雙手顫抖地拆開了包裝盒的絲帶，

拿出裡頭的衣服，瞪大眼睛，

一句話也說不出來。

太棒了，這真的是安妮夢寐以求的禮物啊。

第 1 章

藥水蛋糕

亞蘭夫人笑得非常開心，拿了一片蛋糕。吃了第一口，表情馬上變了。瑪麗亞注意到了，趕緊拿蛋糕試吃一口。

六月的最後一天，放學回家時，安妮兩眼又紅又腫，像桃子一樣，握在手心裡的手帕也濕透了。

「噢！瑪麗亞，琳達夫人說的沒錯，天下沒有不散的筵席，我雖然不是很喜歡菲力浦老師，但是當老師自己開始跟我們道別，大家都哭得淅瀝嘩啦的。還好，我今天有想到，多帶了一條手帕預備。」

「露比平常老是說她很討厭菲力浦老師，結果她還是第一個哭出來的，女孩們一個接一個哭了起來，就連有些男孩也忍不住，偷偷擦著眼淚。我一直想忍住不哭，結果還是沒有用，就連老師的眼角也有點濕濕的。」

「不過，接下來有三個月的暑假，我要好好計劃才行。對了！剛才我看到新任牧師和他的太太。牧師太太長得好漂亮唷，穿著袖子蓬蓬的、淺藍色的羊毛衣，帽子還用薔薇花裝飾呢。在老牧師家整修的這段期間，他們會暫時借住在琳達夫人那裡喔。」

老牧師卡多羅先生，在亞凡利村爲大家服務了十八年之後，今年就要退休。雖然安妮曾經形容他一點想像力也沒有，大家也認爲他佈道的本領並不怎麼高明，但他的個性善良淳樸，這麼多年的相處，和村民們建立了家人般的感情，大家對他的離去都覺得有些依依不捨。

至於那對新來的牧師夫婦，在平靜的亞凡利村也造成不小的話題。這對牧師夫婦年輕又有衝勁，用滿腔的熱情盡責地爲村民服務，漸漸地贏得村民的信任。

安妮打從心底喜歡溫柔的牧師夫人，她告訴瑪麗亞：「亞蘭夫人真是個大好人，今天去我們班教書的時候，她說我們可以問任何問題，所以我就一直舉手發問，我最喜歡問問題了。」

瑪麗亞聽完，突然左右張望了一番，然後鄭重其事地對安妮說：「下禮拜三，我請牧師夫婦過來喝下午茶，但是妳不能事先跟馬修說，不然他一定會找理由臨陣脫逃的。」

「相信我，我一定會保守秘密的。瑪麗亞，我想親手做好吃的蛋糕，請亞蘭夫人吃。可不可以拜託妳幫忙，我一定能做出漂亮的蛋糕，不會讓妳丟臉的。」

「好吧！就做個小蛋糕好了。」

星期一、星期二，瑪麗亞開始準備豐盛的菜餚和點心，安妮在一旁喊著要試吃，幾乎都吃不下正餐了。

到了星期三，天才剛亮，安妮就自動醒來了。

或許是前一天晚上和黛安娜在外頭聊得太晚的緣故，安妮有些鼻塞，好像有點感冒了，但是只要不惡化成肺炎，安妮仍然不願意放棄做蛋糕的機會。

吃完早飯，安妮開始動手製作蛋糕。當一切就緒，終於把蛋糕放進烤箱之後，安妮覺得事情不太可能這麼順利，不免有些擔心：「這次我應該什麼都加了吧！瑪麗亞，萬一蛋糕發不起來，我該怎麼辦？」

「沒關係，家裡吃的東西很多，就算蛋糕失敗了，妳也不用擔心客人沒有點心吃。」瑪麗亞答道。

安妮不安地在烤箱旁走來走去，還不時偷瞄烤箱裡頭的狀況到底如何了。等到蛋糕終於烤好，正和安妮所期盼的一樣，外型蓬鬆，香味誘人，還呈現金黃色的光澤，安妮高興得跳起來，趕緊在蛋糕上再擠上奶油，鋪一些櫻桃作爲裝飾。

「瑪麗亞，茶具是不是用玫瑰花的那組？我去外頭摘羊齒和野薔薇來裝飾餐桌好不好？」

「那就不必了，簡單乾淨最重要，這些拉拉雜雜的東西就免了吧！」

「可是，琳達夫人家就有擺飾，牧師上次還特別稱讚琳達夫人的巧思呢！」

「好吧！只要不要把餐桌弄得太複雜，搞得沒地方擺餐具和食物，就照妳的意

思去做吧！」

如果安妮拿別人來比較，倒還無所謂，但是瑪麗亞就是不想輸給琳達夫人。

餐具經過用心裝飾，牧師夫婦果然熱烈地讚美安妮，讓她輕飄飄的，好像要飛起來一樣。馬修穿著正式的服裝在旁邊僵硬地坐著，其實這是安妮花了好大的力氣，才說服馬修留下來的。

大家一邊聊，一邊用點心，氣氛非常融洽，輪到安妮端上她的蛋糕的時候，亞蘭夫人笑著說她真的吃不下了。瑪麗亞看到安妮臉上失望的表情，便笑著勸說：「夫人，妳多少嘗一點吧！這可是安妮特別為妳做的唷。」

「哦！原來是這樣。那我一定要嘗嘗看。」

亞蘭夫人笑得非常開心，拿了一片蛋糕。吃了第一口，表情馬上變了，但她仍然繼續吃著。瑪麗亞注意到了，趕緊拿蛋糕試吃一口。

「安妮，妳在蛋糕裡加了其他的香料嗎？」

「沒有啊，我完全照妳教我的方法做啊！怎麼啦？」安妮惶恐地問著。

「妳的蛋糕真是可怕，簡直難以下嚥，妳自己來吃吃看！」

安妮吃了一口，馬上漲紅了臉：「頂多就是多加了一些香草粉吧，瑪麗亞！會不會是發酵粉有問題？不然，怎麼變成這樣？」

「發酵粉應該不會有問題，妳把妳用的香料拿來給我看看。」

安妮趕快回廚房，拿來一個還剩少許茶色液體的瓶子，上面貼著「食用香料」的標籤。

瑪麗亞看到，尖叫了起來：「安妮，這是感冒藥水啊！因爲藥瓶弄破了，我才拿舊的香料瓶子來裝。哎啊！真糟糕，我竟然忘了跟妳說，但是妳做蛋糕的時候，難道沒有覺得味道怪怪的嗎？」

安妮委屈地哭了起來：「我感冒了，鼻子塞住了，哪裡聞得出來嘛！」說完，傷心地跑回房間，趴在床上哭得震天價響。

過了一會，安妮聽到有人進來，頭也沒抬，便哭著說：「瑪麗亞，我又做蠢事了！大家一定會把我做蛋糕的時候，拿藥水當香料的事情當作笑話來談，然後很快就會傳遍整個亞凡利村，牧師夫人也不知道會不會以爲我有心要害死她。瑪麗亞，請您告訴她，我真的不是故意的，好不好？」

「安妮，我現在人就在這裡，妳自己跟我說，好不好？」亞蘭夫人的聲音在安妮耳邊響起。

安妮嚇了一跳馬上坐起來，看見亞蘭夫人正微笑看著她。

「親愛的安妮，別再哭了，好嗎？那不全是妳的錯，換作任何人，都可能不小心犯這種錯誤啊。」

「不是的，我想，只有我才會這麼笨手笨腳，想做一個好吃的蛋糕請您吃也沒有辦法。」

「真謝謝妳這麼體貼細心，我當然能理解妳的心意，妳快把眼淚擦乾淨，我們趕快下樓，大家都在樓下等著呢。瑪麗亞跟我說院子裡有妳親手種下的花，妳帶我去看好不好？我很喜歡美麗的花。」

安妮聽完亞蘭夫人的話，馬上破涕爲笑，心情像是雨後的彩虹一樣。尤其聽到夫人和自己一樣喜歡花，覺得好開心。

客人告辭以後，安妮覺得雖然蛋糕事件鬧了個大笑話，但跟亞蘭夫人反而有機會說到更多話，讓今天過得更有意義，有感而發地說：「瑪麗亞，一天即將過去了，我真等不及迎接全新的明天到來。」

「別高興得太早，到了明天還不知道妳又會做出什麼奇怪的蠢事呢！我從沒見過像妳這麼會惹麻煩的小孩。」

「我知道我錯了嘛，我發誓我絕對不會再犯相同的錯誤。」

「可是妳還是會繼續犯不同的錯誤，那也很糟糕啊！」瑪麗亞笑著逗安妮說。

「怎麼會呢？一個人一輩子能犯的錯誤應該是有限的，所以，總有一天我會把所有能犯的錯誤統統犯完，這樣的話，以後我就不會再犯錯了。哇！這麼一想，心情就愉快多了。」

第 2 章

冒險刺激的遊戲

大家突然安靜了下來，看著安妮爬上梯子，踏上了屋脊。安妮一邊走一邊望下看，突然覺得有些頭暈，勉強再走幾步，就失去了平衡，直直地便從屋頂上摔了下來。

這一天，安妮到牧師家喝過下午茶後，一路心情愉快地哼著歌，踏著晚霞回家。一走進廚房，滔滔不絕地跟瑪麗亞說：「下午我在牧師家的時候，剛好遇到琳達夫人，她說這次學校請來一位女老師，叫莫麗葉．史戴西，這個名字聽起來好優雅唷！琳達夫人說亞凡利村從來沒用過女老師，不知道教得好不好，不知道對於學生的學習效果如何。不過，我比較喜歡女老師，應該會比較溫柔吧！離開學還有兩個禮拜，我好想早點看到她喔！」

瑪麗亞笑著捏捏安妮的臉頰，說：「我敢保證妳今天一定說話說了一整天了，難道嘴巴不能休息一下嗎？」

一個星期之後，黛安娜邀請班上的同學到家裡喝下午茶。安妮當然不會缺席。茶會進行得很順利，大家有一陣子沒有見面了，興奮地聊著近況，屋子裡十分熱鬧，用完點心，有人提議到院子玩點冒險刺激的遊戲。

首先是喬西起鬨要露比爬門前的那棵大柳樹。露比二話沒說就接受挑戰，靈活俐落地爬上爬下，喬西輸了這局。

接著，喬西又想出點子，要婕恩右腳不能著地，只用左腳跳著繞庭院一圈。婕恩一開始信心滿滿，但是才走完二分之一，就體力不支，摔倒在地上認輸。

安妮看到喬西贏了之後那副沾沾自喜的樣子，覺得非常生氣，便問喬西說，那妳敢不敢在庭院東邊的木板牆上走一圈。

安妮原來以爲喬西會知難而退，但是想不到她像隻貓一樣，輕巧地走完一圈，跳下來時，還揚起頭，斜瞪著安妮說：「怎麼樣？」

安妮甩甩頭髮說：「其實走在又矮又小的木板牆上，也沒有什麼了不起！真的要試膽量的話，就應該去屋頂的屋脊上走。」

「妳別光說不練，我倒要看看妳爬屋頂的本事，真的有膽就去走走看呀！不然就直接認輸，我不會嘲笑妳的。」

喬西一副等著看安妮出糗的樣子，讓安妮臉色頓時蒼白了起來，但好強的心使她又打死不願意認輸，只好小心謹慎地慢慢走向架在廚房旁的梯子。

大家突然安靜了下來，看著安妮爬上梯子，黛安納想阻止安妮卻又不敢出聲，只好看著她踏上了屋脊。

安妮先伸開了雙臂，保持身體的平衡，再慢慢地站了起來，邁開腳步向前走去。一邊走一邊望下看，突然覺得有些頭暈，勉強再走幾步，就失去了平衡，直直地便從屋頂上摔了下來。

有些女孩嚇得尖叫，黛安娜跑上前，只看見安妮痛苦得扭曲著臉，躺在草堆裡不斷呻吟著。

馬修遠遠發現不對，從果園裡趕了過來，發現安妮受傷，馬上抱起她趕去醫生那兒急診。

醫生說，安妮腳後跟的骨頭裂開，傷勢還蠻嚴重的，恐怕得待在家裡一段時間不能四處走動。

晚上，瑪麗亞到安妮的房間探望安妮，只見她蒼白而無力地說：「瑪麗亞，我的腳好痛唷！我好可憐喲！」

「現在知道痛了？難道妳不覺得現在妳躺在這裡是自找的嗎？今天下午怎麼會爬上屋頂上去了呢？」瑪麗亞放下窗簾，點上蠟燭，接著說：「別人用激將法隨便說兩句話，妳就照做嗎？換了我，就乖乖地站在安全的地面，管他怎麼說，管他什麼挑戰，是妳自己耳根子太軟了啊！」

「我都已經躺在這邊，受到應得的處罰了，您就不要再罵我了嘛！當醫生幫我固定腳後跟的時候，我痛得要暈過去；而且之後六七個禮拜都不能出門，那我就不能上學，也見不到新老師了。」

療養的期間，安妮仍然持續的溫習功課，讓自己不至於落後學校的進度太多，無聊的時候就望著窗外，想像著不同的故事。

這段日子裡，幾乎每天訪客不斷，每天都有同學輪流來教安妮功課，或者是帶著鮮花來看她，告訴她學校發生的點點滴滴。

安妮幸福地和瑪麗亞說：「大家對我真好，尤其是黛安娜，怕我覺得無聊，每天都來陪我聊天。最開心的就是醫生說再過一陣子，確定真的沒有問題之後，我就可以去上學了。同學說了好多有關老師的事，雖然我沒見過她，但是每天聽著她的事情，我覺得我好像跟她已經很熟悉了。」

「黛安娜說老師有一頭美麗的金髮，迷人的眼睛，是個大美人呢！還有喔，她蠻會穿衣服的，有一次穿著美麗的燈籠袖紗質洋裝，簡直像白雪公主一樣呢！聽說她每個禮拜的星期五下午，會教大家唱歌，您說她是不是好棒？還有，每天早上和傍晚，她會喊著口號，教大家做體操運動，聽說她的體操動作很優美，琳達夫人說從沒見過有老師教學生體操的，大概是女老師才會這樣教吧！」

第3章

最好的聖誕禮物

安妮興奮得雙手顫抖，拆開了包裝盒的絲帶，拿出裡頭的衣服，瞪大眼睛，一句話也說不出來。太棒了，這真的是安妮夢寐以求的禮物啊。

到了十月，醫生說安妮終於能自由活動了，她最期待的事就是回到學校。老師體貼地讓她和黛安娜坐在一起，安妮心裡甜滋滋的，高興得說不出話來。

而且果然正如同學所說，史戴西老師個性開朗、上課的時候也很有耐心，在她教導下，同學們愈來愈喜歡讀書了，安妮也逐漸嶄露才華。

距離耶誕節還有一個月的時間，史戴西老師提議全校學生辦一個聖誕夜晚會，讓同學們各自安排自己的節目，並且演出聖誕話劇，一方面可以發揮同學的潛能，二方面也可以凝聚大家的感情。

所有的學生都爲了使這次演出成功而加緊練習。

某天黃昏，當馬修劈完柴進入屋內，準備脫掉厚重的長靴和外套，好好休息一下，正好看見安妮和幾位同學在客廳裡排練話劇，便靜靜地坐在一旁欣賞。

她們正專注地有模有樣地排練，偶爾停下來修正剛剛的台詞，或者想著要加些什麼動作，只見安妮被同學熱情地包圍在其中，雙眼發亮、臉頰紅潤。

馬修在黑暗中，專心注視著這群孩子，總覺得安妮好像和大家有些格格不入，卻又不知道是哪兒出了錯。

馬修個性內向，平時也不擅長與別人交往，如果連他都發現安妮和其他女孩不

一樣的話，那就表示似乎有些問題了。晚上他一個人在屋裡抽著煙斗，終於想出到底怪在哪裡，原來是安妮的穿著和別人不一樣！

其他的年輕女孩都穿著粉色系或者色彩鮮艷的華麗衣服，瑪麗亞做的衣服不是黑色，就是咖啡色，雖然都是簡單大方的樣式，但也讓安妮看起來顯得老氣保守，少了青春活潑的氣息。

「做一件和黛安娜相同的衣服給安妮，應該不算是壞事吧？」

是的，就幫她做一件吧！馬修擔心瑪麗亞反對，決定瞞著她去做。雖然馬修只懂果園裡的事情，對流行趨勢一點概念也沒有，但是聽安妮說久了，還是知道衣袖必須是燈籠袖才對。

離耶誕節還有兩個星期，這正是送給安妮最理想的聖誕禮物。

想通之後，馬修心滿意足地熄掉煙斗，上床睡覺。

第二天傍晚，馬修一個人悄悄到卡蒙迪大街，想為安妮挑件漂亮的新衣裳。

他不敢和女店員講話，一向都習慣到羅松家去買東西，因為那兒通常是由老闆沙紐艾努或他的兒子接待客人。但是，沒有想到羅松家近來為了擴大營業，也僱用了女店員。

女店員哈莉絲小姐很親切地招呼馬修：「請問您需要些什麼？」

「嗯……嗯，請給我一把耙子。」馬修滿臉通紅，好不容易才說出這句話。

哈莉絲小姐不覺地愣了一下，十二月天，買耙子不知道要做什麼？

「請您稍等！我們春天的時候好像還有一兩把存貨！」一會兒，哈莉絲小姐很快便從二樓倉庫裡找出耙子來。

「請問，您還需要其他東西嗎？」

馬修憋了半天又說：「那……那麻煩妳給我一些乾草種子。」

哈莉絲早就聽說馬修是個怪人，但沒有想到這麼古怪。

「乾草種子春天才有，很抱歉，現在已經沒有了。」

「哦，這樣啊！那……那就不用了。」馬修費了九牛二虎之力才把話說完，帶著耙子便走了，走到門口才想起自己忘了付帳，又折了回來。

哈莉絲小姐找零錢時，馬修握緊拳頭，豁出去說：「如果不麻煩的話，請給我一塊布……唉，還是換成砂糖吧！」

「要白糖還是黑糖？」

「黑糖好了。」他的聲音小得像是螞蟻說話一樣。

「黑糖在這邊的桶子裡。」

「請給我二十磅，謝謝。」他的額頭上直冒著冷汗。

回到家，馬修把耙子藏到倉庫裡，又把黑糖交給瑪麗亞。

「咦！家裡又不用黑糖，你買這麼多幹什麼？你怎麼一副失神的模樣？」瑪麗亞覺得莫名其妙。

「我……我以爲妳用得著嘛！」

馬修仔細想想，看來幫安妮添置新衣服的事，只好請別人幫忙了。絕對不能找瑪麗亞，到時不是要念他個半天，就是幫安妮又做出古板的衣服。整個亞凡利村，馬修就只敢和琳達夫人講話，看來只好請她幫忙了。

於是馬修便去拜訪琳達夫人，支支吾吾了半天，琳達夫人好不容易才搞懂他的意思，爽快地一口答應了：「沒問題的！明天我就上卡蒙迪，爲安妮選一塊布料，我來幫她裁縫好了。安妮和我侄女婕恩的身材很相似，依她的樣板製作應該不會差到哪裡去才對，這事就由我全部包辦了。」

「那……那就萬事拜託了！還有袖子的形狀，希望能幫她做成燈籠袖。」

「你也知道要作燈籠袖啊，好，沒問題，這個你放心好了，我一定為她設計現在最流行的樣式。」

往後的兩個星期裡，瑪麗亞總覺得馬修有事情瞞著她，可是猜不出來到底是什麼事，問他也不說，只會低著頭傻笑。直到耶誕節前一天晚上，琳達夫人送來安妮的新衣服，瑪麗亞才恍然大悟。

「怪不得這兩個禮拜，馬修總是怪怪的，原來就是為了這個啊！我還以為他又做什麼蠢事呢！」瑪麗亞對琳達夫人說：「這個秋天我才做了三件質地很暖和的衣服給安妮，其實她的衣服都足夠了，而且我看這個質料這麼好，一點也不實穿，同樣的價錢，大概可以多做兩件普通的衣服吧！不過，這下安妮可要樂翻了，她終於有件燈籠袖的衣服了。」

耶誕節的早晨，安妮坐在窗前，凝望著窗外的雪景，到處充滿了歡樂的氣氛，讓她不禁深深吸了口氣。

這時樓下響起聖誕的鐘聲，她趕緊到樓下去。

「聖誕快樂！瑪麗亞。聖誕快樂！馬修伯伯。我剛剛看到窗外一片銀白色的雪景，真的好美唷，尤其今天又是聖誕節，感覺就更不一樣了！哇！馬修伯伯，這是給我的禮物嗎？」

馬修有些羞怯地點了點頭，看了瑪麗亞一眼，才把禮物拿給安妮。瑪麗亞則毫不在意地低頭泡茶，實際上則是在偷偷觀察他們的反應。

安妮興奮得雙手顫抖，拆開了包裝盒的絲帶，拿出裡頭的衣服，瞪大眼睛，一句話也說不出來。

這是一套絲質的洋裝，滾了荷花邊的裙襬線條優雅，有著流行的腰線，領子邊緣用淺色的蕾絲裝飾著，最棒的莫過於燈籠袖了，而且袖口上還繫著蝴蝶結。太棒了，這真的是安妮夢寐以求的禮物啊。

「安妮，這是妳的聖誕禮物。」馬修看到安妮愣住，也不知道該怎麼說，只能蹦出這幾個字。

剎那間，安妮眼眶充滿淚水，馬修緊張地問：「怎麼了，難道妳不喜歡嗎？」

「不是的，馬修伯伯，我做夢也沒想到真的能收到自己夢寐以求的禮物，而且還比我想像中更美，我真不知道該怎麼感謝您才好！您看，這兩隻燈籠袖多美。」

安妮又是哭又是笑的，把衣服緊緊抱在懷裡。

「吃飯了！」瑪麗亞一邊擺好餐具，一邊說：「安妮，這可是馬修特別費盡心思幫妳做的，妳一定要好好愛惜它。還有這條髮帶是琳達夫人爲了配合衣服，特別另外縫製的。來我這裡坐下，我幫妳繫上！」

「瑪麗亞，我能擁有這麼漂亮的衣服，我覺得自己比吃了一頓聖誕大餐還要滿足。琳達夫人真好，還特意爲我做這些蝴蝶結和髮飾，以後我會一定會當乖小孩，不讓你們操心。」

耶誕節這天，亞凡利村的小孩過得既忙碌又興奮，一邊忙著裝飾禮堂，一邊做最後的排練。晚會從傍晚時分開始，禮堂裡早就擠滿了觀眾。同學們都十分投入表演，演出非常精采，安妮的演出更是讓大家拍手叫絕。

晚會結束後，安妮和黛安娜兩人結伴回家。

「黛安娜，今晚的夜色實在太迷人了。」

「嗯，一切都進行得這麼順利，太讓人開心了。亞蘭夫人還把今晚的事寫成專欄評論，要送到夏洛特報去發表呢！」

「真的嗎？那我們的名字不就會被登出來了嗎？真是太讓人興奮了！今天晚上，我大概會高興得睡不著覺吧！黛安娜，妳的獨唱好精采，大家一直喊著『安可！安可！』，我真的替妳感到高興。」

「妳朗誦的時候，觀眾才是拼了命鼓掌呢！」

「其實，那個時候，我緊張得不知如何是好，中間頓了一下，差點就忘了之後的台詞了。」

「我們班男生的表演也很棒！尤其是吉爾巴特，對了，最後謝幕完，妳從舞台下來時，掉了一朵玫瑰，我看到吉爾巴特把它撿起來，別在胸前的口袋裡。真的好羅曼蒂克喲！」

「他的事，與我無關！」安妮的口氣冷淡又絕情。

馬修和瑪麗亞已經回到家，坐在客廳的壁爐旁聊天。他們已經有二十年沒參加聖誕晚會，馬修甚是得意地說：「妳看！安妮的表現絕不輸給任何人。」

「對啊！這孩子聰明伶俐，今晚的表現真的很優秀。」

「對於她的將來，我們該好好計劃計劃了。我想，她如果只待在亞凡利村的學校讀書，會埋沒她的才華的。」

「沒關係，安妮才十二歲，我們還不用這麼急。不過，今天晚上突然發現她已經長大了不少，我們等她畢業後就送她去皇后學院深造。」

「不錯！我們應該好好栽培她。」馬修不自覺地就流露出慈父的心情。

虛榮的下場

瑪麗亞舉起燭火，看清楚安妮肩膀上的頭髮時，不禁尖叫了起來：原來，安妮的紅髮變得毫無光澤，上面還夾雜著一撮一撮的綠色頭髮，看上去讓人覺得既詭異又好笑。

熱鬧的耶誕節過後，亞凡利村又恢復了過去寧靜恬淡的生活。冬天轉眼即逝，過了這個春天，安妮就十二歲了。

瑪麗亞參加一個月一次的婦女會回來，在小徑上，想著此刻家裡的景象，安妮應該早已升起暖烘烘的爐火、沏好茶等著自己回家，想著想著心頭一陣溫暖，臉上不禁露出笑容，加快了腳步。

但是整間屋子看不見安妮的人影，瑪麗亞不禁大失所望。

「明明跟她交代清楚，這野孩子不知道又跑到哪裡去，忘了時間回來了?待會兒非好好跟她說說。」

瑪麗亞換完衣服，俐落地準備著茶點，此時從果園裡回來的馬修和平常一樣，坐在固定的位子上把靴子脫掉。

瑪麗亞滿腹牢騷地說：「安妮不知道又和黛安娜跑到哪裡玩了，到現在還沒看到人，把我交代的事全當成耳邊風。這孩子真讓人傷腦筋。」

而馬修平靜地說：「大概是什麼事耽擱了，應該正在回家的路上吧！」

但是等到晚餐都準備妥當，仍然沒看見安妮的蹤影。

飯後，瑪麗亞收拾好碗盤，接著便到安妮的房間準備鋪床，剛進房間，就發現安妮就趴在床上，把頭埋在枕頭下面。

「安妮，妳怎麼在房間裡安靜這麼久也沒出聲，我還以爲妳出去了呢？怎麼今天這麼早就上床了？」

「我今天有些累！」

「是不是哪裡不舒服？」瑪麗亞不禁擔心地靠近床邊。

然而，安妮卻急著縮進被窩裡。

「不是的，瑪麗亞，請您不要過來，我已經沒臉見人了。」

聽安妮這麼說，瑪麗亞更是緊張：「安妮，到底發生了什麼事？快起來，跟我說妳到底怎麼了！」

安妮這才不得已掀開棉被坐起來，哭喪地說：「您看啦，我的頭髮毀了。」

瑪麗亞舉起燭火，看清楚安妮肩膀上的頭髮時，不禁尖叫了起來：「妳的頭髮怎麼會變成綠色的？」

原來，安妮的紅髮變得毫無光澤，上面還夾雜著一撮一撮的綠色頭髮，看上去讓人覺得既詭異又好笑。

「沒錯！就是綠色的。我一直以爲再也沒有比紅頭髮更糟糕的髮色了，誰知道綠頭髮比紅頭髮更難看一百倍！瑪麗亞，我現在該怎麼辦才好？」

「天啊，我剛在想妳已經兩個月沒給我惹麻煩了，心說怎麼會這麼順利，果然妳又闖禍了，妳最好給我解釋清楚，妳怎麼把自己變成這個樣子！」

「是染的。」

「染髮？爲什麼？妳不知道染髮很傷髮質嗎？」

「知道呀，但是我想，如果能把我的紅頭髮換成別的顏色，就算是傷髮質也是值得的。」

「但是，妳怎麼挑染成這麼奇怪的綠色呢！」

「我也不是故意要染成綠色的。是那個人跟我保證一定會變成漂亮的黑髮，所以我就信了。」

「妳說『那個人』是誰？」

「今天下午到家裡來推銷雜貨的人，他跟我推銷染髮劑。」

「我不是已經告訴過妳好幾次，不要讓那些人進家裡來嗎？」

「我沒有讓他進屋裡來。他站在門口跟我說他現在得拼命賺錢，想把妻子和三歲的女兒從德國接到加拿大來一起團圓，我聽了覺得好感動喔，想說跟他買東西也是順便幫他的忙嘛。」

「他的箱子裡裝了很多有趣的東西，他一個一個跟我介紹，介紹到染髮劑的時候，他對我說，什麼顏色的頭髮都能染成黑色，而且洗完頭髮之後絕對不會褪色。我聽完，就忍不住想買一瓶來試試。一瓶原來是七十五分錢，我說我身上只有五十分錢，那個叔叔還特別算我便宜些，等他離開之後，我就照著說明書上寫的，把染劑塗在頭髮上，還擔心染得不夠黑，就一口氣把整瓶都塗光。誰知道洗完染劑之後，頭髮會變成這麼稀奇古怪的顏色？嗚……」

安妮一說完，倒在床上又很傷心地哭了起來。

「我希望妳能從這次的錯誤中學到教訓，記住愛慕虛榮的可怕下場！妳現在去用清水把頭髮趕快洗成原來的顏色。」

問題是，不管安妮怎麼用用肥皂和清水拼命搓洗，頭髮上的怪顏色就是一點兒也洗不掉。她只好請了一個星期假，期望一星期後頭髮能恢復原來的顏色。

這件事除了瑪麗亞和馬修之外，就只有黛安娜知道。不過，黛安娜發誓要爲安妮保守秘密。

過了一個星期之後，瑪麗亞對安妮說：「真是麻煩，我第一次看到這種洗不掉的染髮劑。我看，只好把頭髮剪掉了。」

安妮只好雙眼含著淚水，認命地看著瑪麗亞用剪刀把她的頭髮一寸寸剪下來。

第二天，安妮的短髮造型剛出現，馬上在學校造成轟動，誰也猜不透其中的原因，問她，她也只是笑笑的不回答，使她頓時成爲同學的話題。

第 5 章

伊蓮姑娘遇難

船上的安妮完全陶醉在這樣浪漫的氣氛中，過了不久，水從船底的裂縫慢慢地滲了進來，她才發現情況不對，神色慌張地注視眼前的一切。

夏季中的某一天，安妮、黛安娜、露比和婕恩四人在「閃亮的湖水」邊玩耍。安妮提議大家一起玩「伊蓮姑娘」的故事。這是她們在學校裡才剛上過的課程，作者是丁尼生，故事中的主人翁：美麗的伊蓮姑娘、藍斯羅德騎士、姬妮比安王妃和亞瑟王，都深受同學喜愛。安妮提出這個主意，大家都雙手贊成。可是由誰來扮演美麗的伊蓮姑娘呢？

黛安娜首先拒絕：「我才不敢在水面上漂流。安妮，那就由妳來扮演好了！」露比也一直搖頭說：「我也不敢。如果讓我一個人躺在可怕的船底裝死，隨波逐流，打死我也不敢。」

婕恩也不敢嘗試，說道：「聽起來雖然很浪漫，但是如果我抬頭找不到妳們的話，我該怎麼辦？」

安妮笑著說：「哎呀！我倒是很想扮演伊蓮姑娘，而且也不怕在水上漂流。可是畢竟伊蓮姑娘是長髮飄逸的百合公主，我從來就沒聽說過有紅色短髮的公主。」

「那又有什麼關係？安妮，妳的膚色跟露比一樣雪白，而妳的髮色也比剪掉以前還深，一點也不會輸給伊蓮姑娘！」

「真的嗎？妳真的是這麼想嗎？」安妮被灌了迷湯之後，興奮得雙頰泛紅，像

喝過酒一樣。

「是啊！我也覺得妳打扮得很可愛啊！」黛安娜與有榮焉地看著好友安妮。剪了短髮之後，安妮的頭髮看來更光滑了。而且今天還特別在頭髮上繫上天鵝絨髮帶。

其他三個人都不肯扮演伊蓮姑娘，安妮只好無可奈何地答應：「好吧，就這樣決定了吧！我演伊蓮姑娘，露比演亞瑟王，婕恩是姬妮比安王妃，黛安娜是藍斯羅德騎士。黛安娜，妳母親那條優雅的蕾絲黑色披肩，能不能借我墊在船底呢？」

黛安娜回家把披肩拿來，安妮就把它鋪好，然後躺下。

她雙手交叉放在胸前，閉上眼睛說道：「這樣像不像真的死去一樣？」

露比聽到這句話，看著安妮雪白的臉上映著白樺樹的影子，心裡突然產生一股不祥的預感。

「我覺得這樣有點可怕呢！我們這樣玩可以嗎？琳達夫人不是說過，戲劇這玩意兒挺邪門的，要我們小心一點。」

「露比，沒有什麼好擔心的，妳就別掃興了！婕恩，接下來就由妳指揮。伊蓮姑娘已經死了，是不能講話的。」安妮很慎重地交代清楚。

她們在安妮身上披上一塊黃色鋼琴布，假裝是絲絨長袍；又因為找不到白色的百合花，只好讓安妮手握一枝長莖的青色鳶尾花代替。

「都準備好了吧？現在我們分別在安妮的額頭上親一下，說聲：『永別了！美麗的公主。』大家不要笑，表情要儘量表現出悲傷的氣氛。」

三人輕吻安妮後，婕恩又接著說：「安妮，請妳帶著高貴的微笑好嗎？伊蓮姑娘是帶著微笑離開人間的……嗯！這樣很好。來，大家一起把船推出去。」

小船就這樣開始慢慢地往前漂流，誰也沒有發現船底撞上了水底下的暗樁，裂開了一條縫。

黛安娜三人看船順利往前漂去，就開始狂奔，穿過森林、越過坡道，往下游方向跑。依照故事的情節，她們必須趕在伊蓮姑娘的小船出現前在岸邊等候。

起先，船上的安妮完全陶醉在這樣浪漫的氣氛中，過了不久，水從船底的裂縫慢慢地滲了進來，她才發現情況不對，一把抓住黑色披肩和黃色鋼琴布，神色慌張地注視眼前的一切。

按照目前水滲進小船的速度，船根本到不了下游就會沉沒。然而現在的小河兩側，根本沒有人能夠聽見安妮的呼救聲。

她因爲害怕而面無血色，但腦海中響起另外一個聲音，逼自己一定得鎭定下來。眼前唯一的辦法就是禱告了。

當時發生的情況，正如事後安妮告訴牧師夫人一樣：「真是嚇死我了，水不停地滲進船裡，但是我只能拼命禱告，眼睛一秒鐘也不敢閉上。我自己心裡很清楚，我只能祈求上帝讓小船漂到橋墩附近，好讓我爬上去。」

「我嘴裡不停地禱告：『上帝啊！請讓我的小船靠近橋墩。』上帝好像聽到了，讓小船慢慢往橋墩靠去。我拼命地抱住濕滑的橋樁，雖然我知道這樣子一定奇醜無比，但我也沒辦法想麼多，只能在心中默念感謝上帝的禱告詞，並且祈求趕快有好心人能搭救我上岸。」

小船不久便沉入水底。在下游守候的黛安娜三人眼睜睜看著船沉下去，還以爲安妮被淹死了，一時間不知道該怎麼處置才好，只能害怕地跑回去找人求救。

隨著時間一分一秒過去，沒多久，冰冷的河水讓安妮感覺漸漸麻木。就在幾乎絕望的時候，她看到吉爾巴特划著小船，朝木橋的方向移動。

吉爾巴特是在無意間發現遠處有人困在橋樁上的，趕緊把船划過去，這才發現原來是安妮。

安妮別無選擇，只能地抓住吉爾巴特的手，登上小船，樣子狼狽不堪，像個落湯雞一樣，冷得直發抖。吉爾巴特邊划船邊關心地看著安妮，問著：「告訴我，剛剛到底發生了什麼事？」

安妮一邊打顫，一邊裝得若無其事：「我們在扮演伊蓮姑娘，沒想到船底竟然漏了水，所以我才不得已爬上橋樁等待其他人救援，沒想到你先來了。真的很感謝你，能不能麻煩你幫忙，把船划到渡口去？」

吉爾巴特笑了一笑，把安妮送到渡口。船一靠岸，安妮就跳上岸，冷淡而客套地道謝。正想轉身離去的時候，吉爾巴特敏捷地跳上岸，從後面抓住安妮的手：「安妮，以前都是我太幼稚，才會當眾取笑妳的頭髮，我真的很抱歉，請妳原諒我，讓我們重新開始做朋友好不好？」

安妮猶豫了一下，想起兩年前吉爾巴特叫她「紅蘿蔔」的事，冰冷地回答：「不，我不想跟你做朋友。」

「既然如此，那我再也不會求妳跟我做朋友了。」吉爾巴特很快跳上船，使勁地把船划開。

安妮心裡馬上後悔，剛才真不應該把話說得這麼重，自己幹嘛爲一件小事記仇記那麼久呢？但是又怎麼開口挽回呢？愈想心情愈亂。

不久，婕恩和黛安娜氣喘吁吁跑來。

見到安妮，黛安娜鬆了一口氣，抱住她又哭又笑。「安妮，我們以爲妳淹死了，妳快跟我說，到底發生什麼事？妳又是怎麼上岸的？」

「小船不知怎麼進了水，我使勁地抱住橋樁，剛好吉爾巴特划船經過，順便救我上岸。」

「這簡直就是現代英雄救美的故事嘛！太浪漫了！」黛安娜羨慕地說。

這件事傳到瑪麗亞那裡，不禁讓她氣急敗壞：「安妮，妳要到什麼時候才會長大啊？稍微有些辨別是非的能力好不好？」

「瑪麗亞，請您放心好了。現在我知道那些古老、浪漫的傳說，在現代已經行不通了。從今天起，安妮將會變成另外一個全新的安妮了。」

「但願如此。」瑪麗亞搖搖頭，半信半疑地走了出去。

原先一直坐在角落裡、一直沉默不語的馬修，這時才拍拍安妮的肩膀：「安妮，妳個性浪漫不是件壞事，生活中帶點羅曼蒂克也不錯，但是妳要懂得如何拿捏分寸，適可而止。」

當老師的夢想

輔導課就正式開始了。除了安妮以外，吉爾巴特、露比、婕恩和喬西都參加了補習。黛安娜因為父母無意讓她繼續升學，所以就沒有參加。

十一月的天氣陰陰沉沉的，待在綠屋裡，爐火顯得格外溫暖。

瑪麗亞放下手中的毛線，眼睛澀得發酸，一邊揉著眼睛，一邊想著最近眼睛容易勞累，得到鎮上去換一副眼鏡了。望著安妮正坐在壁爐前面地毯上，對著紅紅的跳躍的火焰出神，她不禁萬般愛憐。

過了一會，瑪麗亞出其不意地說：「下午，史戴西小姐來過家裡。」

「哦！我和黛安娜當時就在『魔鬼森林』玩，妳怎麼沒叫我呢？老師來家裡有什麼事嗎？」

「她來跟我討論關於妳的事情。」

「我的事情？噢！瑪麗亞，上次上歷史課的時候，我偷看小說被老師叫起來，但我下課後已經跟老師認錯，保證以後不會再犯，而且老師也接受了我的道歉。我不是故意要瞞妳的，只是一直找不到適當的機會跟妳說，可是她怎麼還跑來向妳告狀呢！真是不守信用！」安妮變得激動，音量也不自覺提高。

瑪麗亞禁不住失聲笑著說：「史戴西小姐對妳剛剛說的事情可是一個字都沒提喔，我看是妳自己心虛吧！她來這裡，是因爲她認爲有些高年級的同學，應該會開始準備皇后學院的入學考試，所以想下課之後在學校多留一個小時，幫大家加強輔

導，不知道大家的意願如何?安妮，妳想不想參加皇后學院的入學考試，畢業之後取得教師資格呢?」

「噢!瑪麗亞，我當然想，我這輩子的夢想就是當老師。不過，皇后學院的學費不是很貴嗎?」安妮感到有些不安。

「錢的問題妳就不用擔心了，當初馬修和我決定照顧妳的時候，就打算要讓妳接受最好的教育。我們希望妳多念點書，對妳以後一定會有幫助的，妳就安心準備考試吧!」

「噢!瑪麗亞，你們對我真好!我好感激妳和馬修伯伯為我做的一切。妳放心好了，我一定會認真讀書，讓你們以我為榮。」安妮忍不住緊緊抱著瑪麗亞，感動地說著。

「史戴西小姐跟我說，妳的資質不錯，只要願意好好用功，進入皇后學院應該沒有什麼問題。」瑪麗亞輕輕地說。

不久，輔導課就正式開始了。

除了安妮以外，吉爾巴特、露比、婕恩和喬西都參加了補習。黛安娜因為父母無意讓她繼續升學，所以就沒有參加。

「我好希望黛安娜也能參加輔導課喔，我們就可以一起回家了，而且史戴西小姐讓輔導課變得很生動，婕恩和露比說她們跟我一樣，希望以後能夠實現當老師的願望，露比還說等她考上學校，畢了業，再教兩年書，就要結婚呢！」

安妮才剛說完，瑪麗亞問他：「那吉爾巴特有什麼計劃呢？」

「這就不干我的事了。」安妮漫不經心地回答道。

這個冬天大家都過得非常愉快。安妮平常專心讀書，禮拜天則在牧師夫人的推薦下，參加主日學的唱詩班，練習吟唱聖歌。

人生轉捩點

畢業典禮的時候，

馬修和瑪麗亞都來參加安妮的畢業典禮。

兩人的眼睛幾乎無法從安妮身上移開。

安妮身上穿著學士服長袍，

自信閃耀有如天上最亮的星星。

第 1 章

吾家有女初長成

「安妮，妳長大了！」瑪麗亞難以置信地說著，心中突然湧現一種悵然若失的感覺。此刻的安妮已經是亭亭玉立的清秀少女。

轉眼間，春天又再一次造訪綠屋。終日埋頭苦讀，就連喜歡讀書的安妮也覺得疲倦。不久，學期即將結束，面對著美好誘人的暑假，老師和學生都想藉著這機會好好放鬆一下。

在學期最後一天，史戴西老師親切地叮嚀學生：「大家這陣子都很辛苦，我希望你們能夠在暑假暫時忘記考試，多到戶外走走，一方面紓解緊張的心情，另一方面讓身體好好放鬆，為明年的考試準備。」

當天晚上，安妮一回到家，就把所有書本裝進閣樓的皮箱裡，然後把鑰匙壓在毯子下方。

「這個暑假是我童年時期的最後一個暑假了，我暫時不想管考試的事情了，我要去外頭盡情地跑，讓想像力自由地飛翔。」

安妮和黛安娜兩個人天天在外頭玩瘋了，一早就出門，非得到太陽下山後才不得不回家，不是出門划船、採草莓，就是散步到很遠的地方，累了就找樹蔭倒下來想像一些有趣的事情。這是史戴西小姐的建議，瑪麗亞也睜一隻眼，閉一隻眼地隨安妮自由活動。

暑假才剛開始，蜜妮不小心又患上了喉炎，醫生到巴里家來看病，剛好遇見安妮。他仔細將安妮上下打量一番，回去以後，請人轉交一封信給瑪麗亞：「您府上的紅髮姑娘，身體出現了一些毛病的徵兆，雖然現在不會造成影響，但我還是建議應該盡可能到戶外多活動，不能再熬夜讀書了。」

瑪麗亞看完信，開始擔心安妮的健康，每天催促著安妮趕快出門去玩，不要總是待在屋裡，好像她快死於肺病一樣。

那個夏天，安妮和黛安娜，日子過得很愜意。

九月份，距離開學不到一個禮拜的時間，安妮臉頰已經回復往日的紅潤，她也準備收心，開始把教科書給拿了出來。

「現在我開始要重拾書本了，噢！久違的書本，看到你們真讓我覺得親切，就連『幾何』也不例外。瑪麗亞，這個夏天真是太美好了，可是我不會因此而留戀，我要為了考試而重新振作起來。」

新的學期開始了，史戴西老師看到參加輔導課的同學專心聽講的樣子，她知道這些孩子已經感覺到了壓力。

冬天來了又去，在史戴西老師用心的教導下，課堂上熱鬧非常，一點也沒有冷

場的時候，大家雖然為了考試而忙碌，但是因為有共同努力的目標，所以一點也不覺得辛苦。

瑪麗亞沒有忘記醫生的叮嚀，也不反對安妮偶爾在假日外出參加一些聚會。有一天，當瑪麗亞和安妮一起出門參加音樂會的時候，忽然發現當年又瘦又小的小安妮現在居然長得比自己還高了。

「安妮，妳長大了！」瑪麗亞難以置信地說著，心中突然湧現一種悵然若失的感覺。此刻的安妮已經是亭亭玉立的清秀少女。

第 2 章

驪歌高唱

黛安娜手上拿著報紙飛奔而來。安妮心裡想：「該不會是成績公佈了吧！」她突然覺得有點頭暈，心臟撲通撲通地跳個不停，雙腳發軟竟然沒辦法站起來。

終於到了六月，安妮轉眼間已經要從學校畢業了，史戴西老師在亞凡利村的教職也將告一段落，準備要轉任到另外一個學校。

舉行畢業典禮當天，安妮和黛安娜走出學校時，早就哭紅了雙眼，兩人手牽手走到森林。黛安娜依依不捨地回頭看著學校，深深歎了一口氣，說道：「一切都已經結束了。」

「黛安娜，九月開學的時候，妳就可以再回到這個學校了，但是我呢？如果真的按照我所希望的考上皇后學院的話，就要離開這個令人懷念的地方。」

「到時候人事全非，妳和史戴西老師都不在了，一切都會變得不一樣，我一想到我得一個人坐在教室裡……」說著說著，黛安娜忍不住又哭了起來。

「別哭，黛安娜！我看到妳哭，也會難過的。」

「我好想跟妳們到一起去城裡啊，跟妳們在一起肯定會很好玩的，可是到了晚上妳就得用功，我在旁邊只會害妳分心，不是嗎？」

「才不呢！史戴西老師不是說要我們放輕鬆、早睡早起，維持固定的作息就好了嗎？不過，我十分感激約瑟芬姑婆，能讓我借住在她家。」

不久，安妮就到夏洛特城考試去了，黛安娜擔心會讓安妮分心，所以仍然堅持在家鄉等她。

星期五的傍晚，回到家的路上，老遠就看到黛安娜在等候著。見到安妮，黛安娜很關心問道：「真高興看到妳，考得怎麼樣呢？」

「我有點擔心我的幾何，有幾題答得不是很好，其他的科目都還算有把握。」

「其他人考的如何呢？」

「他們雖然都說這次考得蠻難的，也許會考不上也說不定，但是我想那些應該只是客套話吧。聽說最快也要再兩個禮拜才會公佈成績，真是教人緊張。」

過了三個星期，成績還是沒有公佈，安妮每天早上都在屋前，等著郵差送成績通知單，整個人焦慮得吃不下也睡不好。

有天傍晚，安妮坐在房間的窗前望著粉紅的夕陽發呆，突然看見黛安娜手上拿著報紙，往這邊飛奔而來。

安妮心裡想：「該不會是成績公佈了吧！」她突然覺得有點頭暈，心臟撲通撲通地跳個不停，雙腳發軟竟然沒辦法站起來。

黛安娜跑進屋裡，喘著氣喊道：「安妮，恭喜！妳考上了，妳是第一名呢！雖然妳和吉爾巴特分數一樣，不過妳看妳的名字排在他前面。」剛說完，便把報紙遞

給安妮，累得倒在安妮床上直喘氣。

過一會兒，兩人高興地又喊又跳跑下樓來，想要把這個好消息快點跟馬修和瑪麗亞分享。剛好遇到琳達夫人也來找瑪麗亞聊天。

「馬修伯伯、瑪麗亞，我考上了，這次有兩個第一名，我是其中一個。」

馬修開心地說著：「安妮，妳真是了不起，我就知道妳一定能考上。」

「安妮，妳的努力都是有代價的，我們真是為妳感到高興。」瑪麗亞壓抑興奮的心情，故作鎮定地說。

善良的琳達夫人在旁聽到，也十分欣慰地說：「安妮，妳真的很優秀，我們都以妳為榮。」

夜裡，安妮迎著明亮的月光，跪在窗前衷心地向上帝禱告感謝辭，懷著感激和希望微笑著進入夢鄉。

第3章

想家的心情

只要是天氣不是很壞，安妮每個星期五都會回到綠屋，這樣才不至於想家想的太嚴重，但耶誕節一過，為了準備功課，暫時留在學校，不回家了。

往後的三個星期裡，綠屋爲了安妮入學的事而忙碌的準備著，除了準備要帶去學校的行李之外，總有說不完的叮嚀。

儘管報到的日期早就已經確定，該準備的東西早已準備妥當，該說的話不知道重複了多少遍，但是出發的時候，安妮和黛安娜兩個人還是哭紅了眼睛。和瑪麗亞依依不捨地道別之後，馬修就載著安妮離開綠屋。

入學的第一天，安妮在註冊及新生介紹等等事情中忙得團團轉，根本無暇想其他的事情。

安妮依照史戴西老師的建議，準備在一年內修完兩年的學分，如此不但能提早拿到教師資格，也能多省一些學費，但相對的，功課將因此而加倍沉重。吉爾巴特也有著同樣的計劃，婕恩、喬西、露比三個人則擔心會跟不上進度，所以選擇兩年制的課程。

和其他的學生一起上課，除了吉爾巴特之外，其他人全是陌生面孔，安妮突然覺得很不安。但是，她還是很慶幸能夠跟吉爾巴特再度同班，畢竟他可是一個很強的對手呢！

到了晚上，大部分的同學都住在城裡的親戚家，安妮一個人孤孤單單地留在寢室裡，突然覺得寂寞起來。

她想到，也許馬修和瑪麗亞也會有相同的感受，所以提筆寫信告訴他們，約瑟芬姑婆介紹的宿舍環境清幽，周遭的風景優美，請他們不要擔心。

儘管信上是這麼寫著，但是安妮一個人待在狹小的房間，還是不禁深深地懷念起綠屋，眼淚不聽話地順著臉頰啪答啪答滴落。

這時候，喬西突然闖了進來。

雖然安妮跟喬西並不是很要好的朋友，但是好不容易見到熟悉的面孔，她高興得擦乾眼淚，說：「看到妳真是太好了！」

「安妮，妳怎麼在哭呢？難道妳在想家嗎？我跟妳說，我能有機會離開那個古老守舊的亞凡利村，來到熱鬧非凡的夏洛特，見識那些新鮮的事物，高興都還來不及呢！要不要出去逛逛？」

喬西確定安妮不想去外頭逛街之後，就像一陣風一樣地離開了。安妮覺得，與其聽著喬西的風涼話，還不如自己痛哭一場。

這時候，婕恩和露比也過來拜訪。

婕恩劈頭就問安妮：「快說，妳有沒有哭？要是妳跟我一樣也想家的話，我心裡就會好過一些。剛才露比來找我時，我一個人正在躲在棉被掉眼淚呢！」

露比一眼望見安妮把學校的行事曆貼在牆上，還用紅筆標註著測驗的日期，就問安妮是不是想要得第一名。

安妮不好意思地承認了。

露比接著說：「啊！妳成績那麼好，一定可以拿到第一名的，而且我們班上有個同學今天跟我說，皇后學院每學期都設有艾普林獎學金呢！」

一聽到有獎學金，安妮興奮極了。

剛開始安妮只希望能在一年之內獲得教師證書，如果可以爭取到獎學金，她就能進入雷多蒙大學就讀了。安妮的腦海裡彷彿出現自己身穿學士袍、頭戴著學士帽的模樣。

她暗地裡下定了決心：「非得要拼了命讀書，拿到獎學金不可。」

只要是天氣不是很壞，安妮每個星期五都會回到綠屋，這樣才不至於想家想的太嚴重，通常都是和亞凡利村的同學一起搭乘火車，到卡蒙迪後再轉車回家。但耶誕節一過，大家為了準備功課，都約定好暫時留在學校，不回家了。

從亞凡利村來到皇后學院後，安妮的內心就一直把吉爾巴特當成競爭的對手，從來不敢對功課有絲毫的鬆懈，擔心一個不留意就會被吉爾巴特超前。其實，她也不是非得打敗吉爾巴特不可的，只是因爲他是一個很有挑戰性的競爭對手，如果少了他，似乎讀起書來也沒有這麼有趣了。

不知不覺中，春天又來到亞凡利村，粉紅色的山茶花好像一夜之間相約好一起綻放，將整個山坡妝點得熱鬧非凡，但此時夏洛特城的學生們都爲了考試而忙得焦頭爛額。

第4章

期望和榮耀

畢業典禮的時候，馬修和瑪麗亞都來參加安妮的畢業典禮。兩人的眼睛幾乎無法從安妮身上移開。安妮身上穿著學士服長袍，自信閃耀有如天上最亮的星星。

「真不敢相信這麼快學期就要結束了……去年秋天的時候，還在擔心是否能踏進皇后學院的大門，現在一轉眼，就要期末考了。雖然考試真的很重要，但是看看這美好的世界，藍天白雲、花草樹木，就會覺得冥冥之中有著自己運行的規律，根本用不著大驚小怪。」安妮自言自語道。

考試成績公佈的那個早上，安妮和婕恩相約一起去看成績。婕恩只求及格過關，一點也不緊張，正開心地籌劃接下來的假期；安妮就不一樣了，臉色蒼白，連回答也顯得虛弱。

兩人剛踏上學校前的階梯，遠遠就看到大廳裡的男同學們熱烈地將吉爾巴特高高丟起，大聲歡呼著：「金牌得主吉爾巴特．布萊斯萬歲！萬歲！萬歲！」

這瞬間，安妮想著自己竟然輸給吉爾巴特，一學期的努力全泡湯了，心裡難過得眼淚都快滴下來了。

但是，就在這時候，她忽然聽到：「還有艾普林獎學金得主安．雪利，萬歲！萬歲！萬歲！」

安妮被同學們的祝賀聲和歡呼聲所包圍著，走進大廳。

「安妮，恭喜妳，我真爲妳感到高興。這樣真是太好了！」

安妮心裡想著：「馬修伯伯和瑪麗亞知道了不知道會有多高興！我要馬上打電報告訴他們，讓他們和我一起分享這份榮耀。」

畢業典禮的時候，馬修和瑪麗亞都來參加安妮的畢業典禮。兩人的眼睛幾乎無法從安妮身上移開。

安妮身上穿著學士服長袍，站在講台上朗讀自己的得獎論文，自信閃耀有如天上最亮的星星。台下的來賓們紛紛討論著安妮。

馬修把這些都看在眼裡，忍不住心裡的喜悅，一等到安妮朗讀完畢，便迫不及待地低聲向瑪麗亞說道：「瑪麗亞，我們真是幸運，上帝願意把這樣的好孩子交給我們。」

瑪麗亞得意地回答：「我早就知道這孩子前途無量了。」

傍晚時分，馬修載著瑪麗亞和安妮一起回到亞凡利村。安妮重新看到村裡這些熟悉的景物，突然覺得自己好幸福，深深吸了口新鮮的空氣。

看到黛安娜前來迎接自己，兩個女孩高興地抱在一起。

「黛安娜，終於回到家了，終於見到想念已久的樹林、果園和『白雪女王』，感覺真的好親切，最重要的是好久沒看到妳，我真的有說不出的高興。」

「安妮，妳太厲害了，竟然有本事拿到艾普林獎學金，現在，妳可以繼續讀大學深造了。」

「對啊，秋天我就要進入雷多蒙大學讀書了。所以，我在這三個月，要先預習新的課程。」

「嗯，這消息已經傳遍了整個村子，大家覺得好光榮喔，對了，妳知道吉爾巴特的消息嗎？因爲他父親沒辦法供他繼續讀大學，所以他準備當老師了，將來再憑自己的能力繼續進大學進修。」

安妮原來以爲吉爾巴特應該也會一起進雷多蒙大學，沒想到他另有計劃，安妮竟然有些悵然與失落。

第二天早餐的時候，安妮發現馬修的臉色不太對勁，等他一出門，安妮悄悄地問：「瑪麗亞，近來馬修伯伯的身體還好吧？」

「唉！年紀大了，他的身體狀況是越來越糟囉！今天春天的時候，他心臟病還發作了兩次，可是他就是不聽我的勸告，不肯放下園子裡的工作，幸好這段時間除

了喬利外，還僱了另一個幫手，他才不致於累，再說妳也回來了。」

安妮伸出雙手，拉著瑪麗亞的手說：「您看起來也好像有些疲倦，是不是操勞過度了?我現在已經回來了，家裡的事就由我來負責吧，您要多注意自己身體。」

瑪麗亞欣慰地說：「這與工作無關，我只是眼睛有點不太舒服。醫生說大概是眼鏡的問題，但是已經換過好多副眼鏡了，還是覺得不舒服。六月底，會有一位著名的眼科專家到新橋鎮看病，醫生吩咐我一定要去給他看病。我想拖了那麼久也應該要趕快看看了，最近看報紙、縫衣服都覺得眼睛吃不消，一直流眼淚。還有，安妮，最近妳有沒有聽說艾貝伊銀行的事?」

「好像有點財務危機，似乎快倒閉了，怎麼啦?」

「琳達也是這麼說，馬修非常擔心這事。我們的錢都存在那兒呀!」

安妮只好拍拍瑪麗亞的肩膀，勸她不要想太多。

那一天，安妮到「紫丁香谷」散心，回來的路上到牧師家與亞蘭夫人家敘舊，傍晚的時候到牧場和馬修一起趕牛群回家。

一路上，安妮步履輕快，相較之下，馬修就顯得步履蹣跚，一副力不從心的樣子。安妮看了，很擔心地問：「馬修伯伯，您今天是不是很累，這陣子您要多注意身體。」

「唉，年紀大了做什麼都比較吃力，老了就不中用了。」馬修邊說邊打開柵門，趕牛進棚。安妮聽了心裡好難過，卻又不知道該說些什麼。

「要是我是男孩子就好了，就能幫家裡處理這些事情，馬修伯伯您也不用那麼辛苦了。」

「傻孩子，我們家的安妮比一打男孩子還有用。妳是我們家的乖女兒，又拿到艾普林獎學金，我打從心底引以爲傲。」馬修欣慰地拍拍安妮的肩膀，臉上洋溢著慈祥的笑容。

夜深人靜的時候，安妮地坐在自己房裡的窗台上，想著馬修的話，心裡覺得溫馨寧靜。

第 5 章

馬修去世

安妮看著馬修衣冠整齊地躺在棺木裡，面帶笑容，就像睡著一樣，腦海出現的從小到大，關於馬修的種種美好回憶，不禁悲從中來，忍不住痛哭失聲。

「馬修！馬修！你到底怎麼啦？身體不舒服嗎？」

安妮在庭院裡聽到了瑪麗亞的尖叫聲，趕緊跑進屋裡。一踏上階梯，就看到馬修手裡緊抓著報紙，抓著門邊的窗簾，臉色漲紅而且扭曲著，等她趕到馬修身邊時，馬修已經暈倒在地上。

「安妮，快去叫喬利去請醫生，說馬修休克了。」

喬利馬上衝去醫生那兒，路上見到巴里家的人，先請他們來家裡幫忙。碰巧琳達夫人正在和巴里夫人喝下午茶，就趕忙一起過來看到底是怎麼回事。琳達夫人先把慌成一團的瑪麗亞和安妮扶到旁邊坐下，試探著馬修的鼻息……

「馬修已經離開我們了。」琳達夫人哀悽的說。

「這不可能！您一定是弄錯了，馬修伯伯怎麼會……」安妮的臉色瞬間變得蒼白如紙。

「對不起，安妮，妳過來看看馬修，他的臉色已經不對了，我們這種年齡的人，大都看過幾次這種情況。」

安妮還是沒辦法接受這個不幸的消息，看到馬修僵硬地倒在地上，她的心裡亂得無法思考。

醫生診斷，馬修本來心臟就不好，應該是受了什麼突如其來的刺激，突然休克導致死亡。幸好，這樣離開人世不會有太大的痛苦。

其實，馬修就是看到報紙上刊載著艾貝伊銀行破產的消息，擔心定存會收不回來而休克的。

馬修的死訊，在亞凡利村很快就傳遍了，主動的前來弔唁和幫忙的朋友和鄰居絡繹不絕。黛安娜看到安妮這麼傷心，很想留下來陪她，可是安妮婉拒了她的好意，想多陪馬修伯伯一會兒，和他多說些話。

到了夜晚，綠屋周圍安靜得出奇。

安妮看著馬修衣冠整齊地躺在棺木裡，面帶笑容，就像睡著一樣，腦海出現的從小到大，關於馬修的種種美好回憶。尤其是想到前一天傍晚馬修的笑容，她不禁悲從中來，忍不住痛哭失聲。

瑪麗亞趕緊過來安慰安妮，卻也情不自禁地哭了起來。

兩天之後，棺木繞過馬修親自耕種多年的果園，做完最後一次回顧之後，正式下葬。雖然大家沉浸在悲傷的氣氛中，但是沒過多久，平靜的亞凡利村似乎又回復往常的生活。

某一天，安妮在馬修的墓地周圍種完玫瑰後，就繞道到牧師家，與亞蘭夫人聊天。臨走前，亞蘭夫人握著她的手對她說：「安妮，妳一旦上了大學，家裡就剩下瑪麗亞一個人了，妳要幫她想想。」

安妮也不知道該說什麼才好，只道聲「晚安」，就漫步回家，因爲想得太入神了，所以走到門口，才發現瑪麗亞已經站在家門口的石階上，等著她。

「明天眼科醫生要來鎭上看病，就是我上回跟妳說過的那個。到時候，可以留妳一個人看家嗎？」

「您儘管放一百二十個心去看病吧，我會找黛安娜與我作伴，而且我都這麼大個人了，再也不會把藥水加到蛋糕裡去了。」

瑪麗亞聽完會心一笑，開始聊起過去曾發生的點點滴滴。瑪麗亞提到吉爾巴特，聽說他準備要在村裡教書的消息，安妮輕輕地「嗯」了一聲。

「這年輕人還不錯呢，前一段時間我在教會見到他，他還主動和我打招呼，算是個有禮貌的孩子呢。他長得跟他父親年輕的時候眞像，簡直是一個模子印出來的。當年，他父親約翰跟我曾經走得很近，大家都以爲我們是情侶。」

安妮第一次聽到關於瑪麗亞的羅曼史，趕快緊追不捨地問：「這是真的嗎？瑪麗亞，你們後來為什麼分開呢？」

「有一次，我們為了一些雞毛蒜皮的小事吵架，約翰事後也和我道歉，但是我一直不肯原諒他。實際上，我心裡早就原諒他了，只是太好強了，想讓他知道不能夠隨便得罪我。誰知道布萊斯家的人脾氣都好強，他竟然再也不肯來找我。後來，我真的後悔了，當初要是接受他的道歉，現在也許很多事情都不一樣了。」

「真沒想到瑪麗亞也有過浪漫的愛情故事。」

「對啊！看人本來就不能只看外表，妳看我成天繃著臉，想不到我這種老太婆也有年輕的時候，是不是？其實，後來人們逐漸淡忘了我和約翰的事，就是連我自己不再去想，直到看見吉爾巴特，才突然浮現這段往事。」

第 6 章

握手言和

想到以後的工作以及朋友的支持，安妮原來的徬徨惆悵一掃而空，她知道只要保有豐富的想像以及對於未來的樂觀，任何事物都沒辦法阻擋她。

第二天，瑪麗亞很早就出發去新橋鎮檢查眼睛，結果卻讓人感到失望。醫生說，瑪麗亞如果還繼續閱讀和裁縫的話，這雙眼睛不久就會面臨失明的危險。

一齊吃過午飯後，安妮扶著瑪麗亞回房休息，一個人安靜地坐在窗前直到天黑，此刻除了天上的星星，沒有其他人理解她現在的心情有多沉重。

兩三天之後，安妮竟然在樓上聽見瑪麗亞和一個外地來的陌生人談論房子的事，她才知道瑪麗亞居然和卡蒙迪的房地產經紀商連絡，想把房子給賣出去。

「瑪麗亞，求求您不要賣掉這房子。」安妮用盡一切努力勸瑪麗亞。

「我本來也不想賣的。可是一旦妳去上大學了，我的眼睛也看不到了，我一個人住這麼大的房子，既不能管理，家裡又顯得冷清。」

「瑪麗亞，我決定放棄獎學金，不去上大學了，您照顧我這麼多年，我哪能扔下您不管呢？如果您擔心沒辦法管理的話，家裡那些果園可以租給巴里先生，至於我的話，可以在村子裡教書，我們一樣能夠繼續在綠屋快樂地過日子。」

瑪麗亞簡直不敢相信，說：「安妮，妳怎麼可以做這種傻事？我已經老了，沒用了，妳不能爲了我犧牲自己的前途。」

「怎麼算是犧牲呢？我又不是待在村裡就不能長進了，我有空還可以讀書自修啊。總而言之，我現在最重要的目標就是要守住這個家，守住您，然後我還有很多很多其他的計劃，不過，首先要做個好老師。」

「從皇后學院畢業以後，我原以爲自己可以繼續學習自己喜歡的課程，但是目前這種處境，是上帝賜給我另外一種磨練。面臨現在這個新的轉捩點，雖然我還不清楚會變成什麼模樣，但是我相信只要有勇氣，一定能克服一切。」

瑪麗亞雖然爲安妮感到惋惜，但是內心又燃起新的希望。

安妮放棄上大學的好機會，希望能在村子裡教書以便照顧瑪麗亞的事，很快地在村裡傳了開來。

某天上午，琳達夫人來到家裡告訴安妮一個消息：「吉爾巴特一聽到安妮決定留下來教書後，便放棄在亞凡利村學校任教的工作，要求請調到較遠的白沙村去教書。」很明顯，這是爲了要幫忙安妮特別做的安排。

第二天黃昏，安妮到馬修的墓地去，照顧新種下的玫瑰，在回程的半山腰上看見吉爾巴特迎面過來。

他正輕鬆地吹著口哨，一看到安妮，彬彬有禮地脫下帽子，點頭打過招呼，正想側身讓安妮先走過去。

安妮這回卻紅著臉，伸出手對吉爾巴特說：「我真的很謝謝你把學校的機會讓給我，我希望能有機會表達我對你的感謝。」

吉爾巴特受寵若驚地握住了安妮的手。

「這其實沒什麼，只要是我能幫妳的地方，我都很願意幫忙。不知道妳能不能原諒我以前那樣愚蠢的行爲，讓我們做個朋友好不好？」

安妮笑了笑：「其實，上次在池塘邊，我就已經原諒你了。只不過是自己太逞強，不願意承認而已。老實說，我一直想找機會跟你道謝。」

吉爾巴特聽了，興奮得又緊緊牽著安妮的手。「我知道我們註定會變成好朋友，妳要去哪裡？我陪妳去。」

兩個人就這樣言歸於好。

回到家之後，安妮一踏進廚房，就看見瑪麗亞正在準備晚餐。

「剛才誰送妳回來的？」瑪麗亞若無其事地說。

「吉爾巴特。」安妮臉上不由得浮上兩朵紅暈。

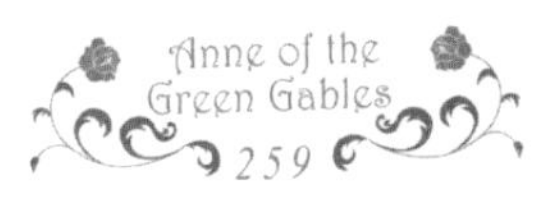

「真想不到妳們和好了！」瑪麗亞微笑地看著壁鐘，說：「而且還在門口聊了三十分鐘呢。」

「真的嗎？我還以爲只有幾分鐘呢，結果一不小心就談了三十分鐘了。瑪麗亞，我跟他五年以來都沒說過話，多說一會也不過分，對嗎？」

當天晚上，安妮深切地體會到那種平凡的幸福滋味。

自從決定放棄就讀大學以來，她就慢慢放棄對未來的雄心壯志，不過，現在她又開始覺得，儘管留在家鄉這小小的世界裡，能做的事還有很多呢！想到以後的工作以及朋友的支持，安妮原來的徬徨惆悵一掃而空，她知道只要保有豐富的想像以及對於未來的樂觀，任何事物都沒辦法阻擋她。

她不禁輕聲讚歎：「天上的父啊！這世界是那麼的美好！也許，冥冥之中，凡事皆有天意！」

•全書完

人間失格
にんげんしっかく
靈魂深處無助的生命絕唱，
日本無賴派文學大師太宰治代表作品
太宰治 著
纖細而敏感的人最容易在人間受苦，幸福並非理所當然，美麗往往象徵著沉重的壓力，
明知道越沉淪越沒人格，仍舊選擇墜向無法自拔的深淵。
深深的絕望源自內心的迷茫，為了逃避現實而不斷沉淪，
經歷自我放逐，終究一步步走向自我毀滅的悲劇。
日本無賴派文學大師太宰治藉由小說主角的人生遭遇，巧妙地將自己的一生與思想涵蓋其中，
認為自己是個「失去人格的人」，在小說中描寫一個中年男子的墮落過程，
實際上是拿著文學的利刃，切剖自己最柔弱的內心深處……

阿Q正傳

THE TRUE STORY OF AH Q

魯迅短篇小說
精華典藏版

魯迅——著

魯迅，中國近百年小說發展史上最偉大的文學巨匠，
也是享譽國際的偉大作家，他的作品無論在藝術或思想上，
都有著深遠的影響力和穿透力：《狂人日記》是他的成名代表作，
呈現了混亂時代的騷動，反映出病態社會的悲哀，人性的善良與醜惡，
書中以隱喻的筆調揭露「禮教吃人」的猙獰面目，
諷諷那些衛道的偽君子「話中全是毒，笑中全是刀」。

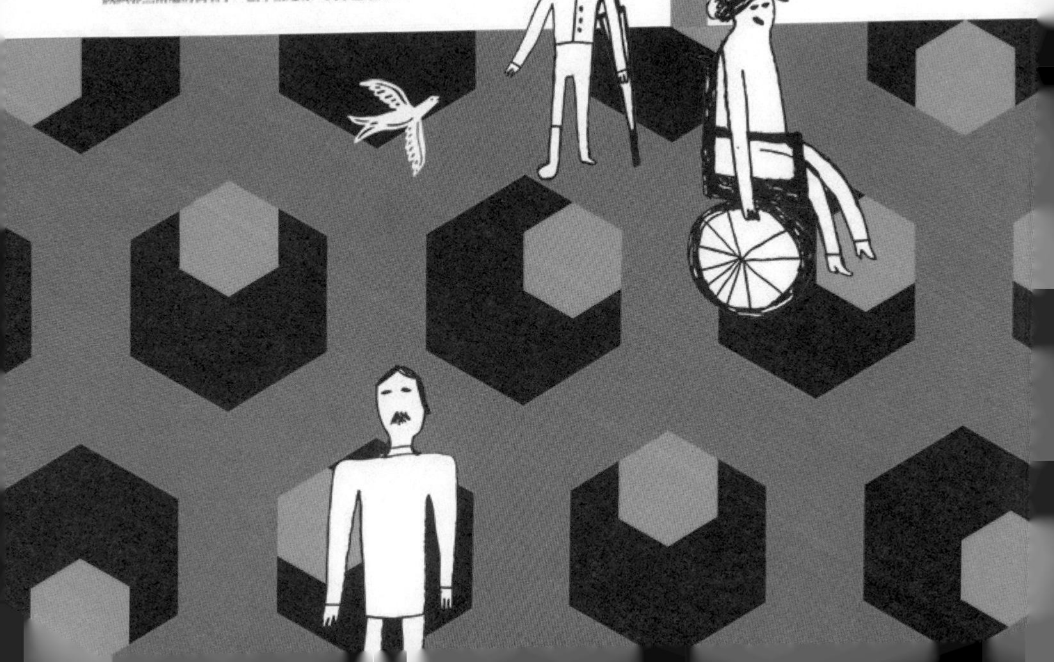

媲美《哈利波特》的心靈魔法書

THE SECRET GARDEN

秘密花園

這是一部關於大自然魔法和心靈成長的經典名著，
也是一部和《哈利波特》一樣領盡風騷的暢銷作品。
《哈利波特》的魔法來自幻想，
帶給讀者的是奇幻的故事和天馬行空的想像。
《秘密花園》的魔法則來自於心靈的力量，
訴說著愛和大自然的力量最終會改變一個人的愛情和命運。
《秘密花園》不僅是一本適合青少年閱讀的心靈魔法書，
同時也是適合成人閱讀的命運魔法書。

法蘭西絲．H．勃內特 *Frances H.Burnett* 著

A LITTLE PRINCESS

小公主

用心靈力量面對人生風暴

一個心地純潔仁慈，聰明而愛幻想的小女孩，氣質風度就像皇室公主那樣高尚優雅，
儘管遭逢生命巨變，父親不幸驟然過世，自己淪為女傭，陷入淒慘不堪的處境之中，
仍然不忘時時鼓勵自己和別人；即使面對人生過程中難以抵禦的風暴，
也要求自己保持著內在的純真善良，關懷體恤遭遇比自己更可憐的人。
「小公主」莎拉靠著自己的心靈力量，度過了一段艱難坎坷的生活磨練，
終於重新過著幸福快樂的生活，贏得了大家的敬重和友誼，
她的的心靈成長故事，充滿著溫馨感人的慈愛與辛酸，
情節曲折離奇，讀來讓人深受感動……

法蘭西絲・H・勃內特 *Frances.H.Burnett* 著

國家圖書館出版品預行編目資料

清秀佳人／

露西·M·蒙哥馬莉著.—第1版.—：新北市,前景

民107.10 面；公分.－（文學經典：09）

ISBN◉978-986-6536-72-4（平裝）

作　　者　露西·M·蒙哥馬莉

譯　　者　楚　茵

社　　長　陳維都

藝術總監　黃聖文

編輯總監　王　凌

出 版 者　前景文化事業有限公司

行銷企劃　普天出版家族有限公司

新北市汐止區康寧街169巷25號6樓

TEL／(02) 26921935（代表號）

FAX／(02) 26959332

E-mail：popular.press@msa.hinet.net

http://www.popu.com.tw/

郵政劃撥 19091443 陳維都帳戶

總 經 銷　旭昇圖書有限公司

新北市中和區中山路二段352號2F

TEL／(02) 22451480（代表號）

FAX／(02) 22451479

E-mail：s1686688@ms31.hinet.net

法律顧問　西華律師事務所·黃憲男律師

電腦排版　巨新電腦排版有限公司

印製裝訂　久裕印刷事業有限公司

出 版 日　2018（民107）年10月第1版

ISBN◉978-986-6536-72-4　　條碼 9789866536724

普天之下・盡是好書
普天出版家族
Popular Press Family
淩雲文創
A-Plus Creative Company